从心所欲不逾矩

许渊冲 [印]

2021年4月（100岁）

许渊冲汉译经典全集

莎士比亚

Much Ado About Nothing

弄假成真

许渊冲 许明 译

商务印书馆
The Commercial Press

图书在版编目(CIP)数据

弄假成真 / (英)威廉·莎士比亚著; 许渊冲, 许明译. —北京: 商务印书馆, 2021 (2021.7 重印)
(许渊冲汉译经典全集)
ISBN 978-7-100-19408-2

Ⅰ. ①弄⋯ Ⅱ. ①威⋯ ②许⋯ ③许⋯ Ⅲ. ①喜剧—剧本—英国—中世纪 Ⅳ. ① I561.33

中国版本图书馆 CIP 数据核字(2021)第 022302 号

权利保留，侵权必究。

许渊冲汉译经典全集
弄假成真
〔英〕威廉·莎士比亚 著

许渊冲 许明 译

商 务 印 书 馆 出 版
(北京王府井大街36号 邮政编码100710)
商 务 印 书 馆 发 行
南京爱德印刷有限公司印刷
ISBN 978 - 7 - 100 - 19408 - 2

2021年3月第1版	开本 765×965 1/32
2021年7月第2次印刷	印张 4 1/8

定价：62.00 元

目 录

第一幕……………………………………………… 1
第二幕……………………………………………… 20
第三幕……………………………………………… 53
第四幕……………………………………………… 82
第五幕……………………………………………… 102
译后记……………………………………………… 132

剧中人物

堂·彼德罗　阿拉贡亲王

班勒蒂　帕杜亚贵族，堂·彼德罗的亲信

克罗蒂　翡冷翠贵族，堂·彼德罗的亲信

巴萨莎　歌手，堂·彼德罗的侍从

侍　童　班勒蒂的侍仆

堂·约翰　堂·彼德罗的私生兄弟

波拉乔　堂·约翰的随从

康拉德　同上

梁拉托　摩西那总督

璎珞珍　摩西那总督的沉默夫人

西　萝　总督之女

贝丽丝　总督侄女

安东奥　总督之弟

玛格丽　西萝侍女

欧苏娜　同上

方西斯神甫

  多贝雷 巡视警官

  维杰斯 警官副手

教堂司事

  巡　警

侍从及信使。

第 一 幕

第一场
摩西那总督府果园

（摩西那总督梁拉托、夫人璎珞珍、女西萝、侄女贝丽丝,及信使上。）

梁拉托　信上说阿拉贡亲王堂·彼德罗今晚就要到摩西那了。

信　使　他现在就快要到了。我离开他的时候,他离这里已经只有几里路了。

梁拉托　你们这一仗损失了多少人?

信　使　损失很少,没有出名的人伤亡。

梁拉托　有胜无败,那等于打了两个胜仗。我发现堂·彼德罗非常看重一个不同寻常的年轻人,名字叫克罗蒂。

信　使　这个年轻人的确名不虚传。堂·彼德罗也真是慧眼识英雄，看出了一个不同寻常的小伙子。他外表像一只羔羊，但是一上战场，却勇敢得像一头狮子。他的确好得超乎想象，我这笨嘴拙舌怎么也说不清楚。

梁拉托　他有个叔叔在摩西那，要是知道了，一定会很高兴。

信　使　我已经送信给他，看来他高兴得几乎失去控制了。

梁拉托　他流了眼泪吗？

信　使　流了不少，这是好心人好心眼的表现。没有什么脸孔比表现得泪流满面更真诚的。无论怎么说，高兴得流眼泪，总比又哭又笑要好得多。

贝丽丝　请问那位蒙大锣骑士是不是从战场上回来了？

信　使　我不知道小姐说的是谁，军队里似乎没有听到过这个大名。

梁拉托　侄女，你说的是谁呀？

西　萝　姐姐说的是帕杜亚能言善辩的骑士班勒蒂。

信　使　他当然回来了，并且总是兴高采烈的。

贝丽丝　他在摩西那大吹牛皮，要和爱神比箭。我叔叔有一个会耍嘴皮子的弄臣，读了他的挑战书就立刻响应，说我要和他比赛射鸟。无论他在比赛中射死了多少只鸟，我都答应把鸟吃光。

梁拉托　侄女，你和班勒蒂骑士开玩笑不要过分，否则，他会以牙还牙的，这点我可知道。

信　使　小姐，他在这次战争中可立了大功呢。

贝丽丝　他可要大吃大喝大出恭了。他在餐桌上可是所向无敌，见一个吃一个的。

信　使　小姐，他在战场上也是所向无敌的。

贝丽丝　比起女人来，他是个英雄。比起男子汉来呢？

信　使　比起男人来，他也是条好汉，满肚子的雄心壮志。

贝丽丝　他肚子里的雄心壮志，不过是喝醉吃饱而已。——我们谁也不能不吃不喝呀。

梁拉托　老兄，你还不了解我的侄女。她和班勒蒂不是冤家不碰头，一碰头就要口舌交锋，吐不出好话来的。

贝丽丝　唉，他也休想占便宜。我们上次见面，争长

　　　　　论短，争得他五官倒有四官不灵了，现在就
　　　　　只剩下一张嘴巴，说得自己热闹，要是没有
　　　　　这点，他和他的马还有什么分别呢？马也不
　　　　　过就是不会说话而已，现在谁还和他做伴？
　　　　　他好像每个月都要换换口味似的。
信　使　是这样吗？
贝丽丝　这有什么奇怪？他交朋友就像戴帽子一样，
　　　　　天气一变，就要换上一顶。
信　使　看来你不把他放在心上。
贝丽丝　要是他在，那可叫人心焦了。你知道他现在
　　　　　和谁要好？有没有人愿意陪他去见魔鬼？
信　使　现在老和他打交道的是克罗蒂。
贝丽丝　天呀，他会像疾病缠身一样缠得他发疯的。
　　　　　但愿老天帮忙，不要让他缠住，否则，一千
　　　　　镑也脱不了身。
信　使　我不会做对不起人的事，小姐。
贝丽丝　要讲交情，好朋友。
梁拉托　你不要犯傻了，侄女。
贝丽丝　不会的，除非一月变成夏天。
信　使　堂·彼德罗来了。

（堂·彼德罗、克罗蒂、班勒蒂、巴萨莎及私生子约翰上。）

彼德罗　好一个梁拉托总督，你真不怕麻烦，别人避之唯恐不及，你却亲自来迎接麻烦事。

梁拉托　亲王大驾光临，哪里说得上是麻烦？因为麻烦一走，人会觉得轻松。亲王如果离开，带走的却是欢乐，留下的只是思念了。

彼德罗　那你真是把苦当甜了。我看这一位是令爱吧？

梁拉托　她母亲总是这样说的。

班勒蒂　你问她，是不是你有怀疑呀？

梁拉托　没有，班勒蒂骑士。我问的时候，你还是个小男孩，不必担心你会为非作歹。

彼德罗　班勒蒂，这下可够你难受了。从这句话里我们猜想得到：假如那时你是大人，会干出什么事来。小姐，你看起来真像你正大光明的父亲。

班勒蒂　如果梁拉托总督是她父亲，那即使把摩西那的黄金都给她，她也不会要他的那头白发。

（堂·彼德罗与梁拉托私谈。）

贝丽丝　我奇怪你怎么还在滔滔不绝地讲个不停，班勒蒂骑士？你看，有没有人在听你讲呀？

班勒蒂　怎么，目中无人的小姐，你还活得下去吗？

贝丽丝　目中无人的眼睛看到的如果是班勒蒂这样胆大妄为的骑士，彬彬有礼的人也会不屑一顾的。礼貌碰到无礼，也只能礼尚往来了。

班勒蒂　那礼貌也变成叛徒了。但是我敢说：除了你以外，我是总有女人爱我的。不过我心肠硬，还没见到使我心肠软的女人而已。

贝丽丝　那真要为女人谢天谢地，否则，她们怎能摆脱一个纠缠不休的讨厌鬼呢？谢天谢地，我是个和你一样的冷血动物，听什么讨好的话也不动情，就像乌鸦听了狗叫一样。

班勒蒂　老天保佑小姐不变心，免得男人碰破鼻子抓破脸。

贝丽丝　抓破了的脸也不比你的脸更难看。

班勒蒂　你真难得，可以教会鹦鹉说话。

贝丽丝　鹦鹉学舌也远远胜过了人面兽心。

班勒蒂　但愿我的马跑得和你的舌头一样快。你就一直跑下去吧。看在老天面上，恕我不奉陪了。

贝丽丝　你说不过，就玉石不分，妄想蒙混过关吗？

　　　　　我可不吃你这一套。

彼德罗　那就这样一句话包总了，梁拉托。——（对众人说。）克罗蒂骑士、班勒蒂骑士，我的好朋友梁拉托要好好招待你们。我告诉他，我们至少要在这里住一个月，他却真心实意地要我们还多住些时候。我敢保证：他没有一点虚情假意，完全出自内心深处。

梁拉托　既然亲王保证，那当然是说到做到的了。（对堂·约翰）欢迎大人。既然王兄捐弃前嫌，我们自然热忱欢迎驾到。

约　翰　谢谢，我不善言辞，只能表示谢意了。

梁拉托　有请亲王移驾先行。

彼德罗　梁拉托，我们携手同行吧。

　　　　（除班勒蒂、克罗蒂外，余人全下。）

克罗蒂　班勒蒂，你注意到梁拉托总督的女儿没有？

班勒蒂　看到了，但是没注意。

克罗蒂　你看她是不是一位彬彬有礼的小姐？

班勒蒂　你是要我老老实实、简单明了说真心话，还是按照惯例，作为一个严格要求女人的内行来打官腔？

克罗蒂　　不，请你平心静气地说说你的看法。

班勒蒂　　说老实话，如果标准太高，她就低了一点；如果要求金发，她就淡了一点；如果要求太多，她就少了一点。我能做出的评价是：假如她不是现在这样，那就说不上美；即使这样，我也并不喜欢。

克罗蒂　　你以为我在开玩笑，其实我是真心诚意地想知道你对她的看法。

班勒蒂　　你要买下她来，才打听价钱吗？

克罗蒂　　全天下有人买得起无价宝吗？

班勒蒂　　无价宝也可以装进百宝箱。你说这话是板着脸孔，还是嬉皮笑脸说的？就像说爱神的箭只能射兔子，火神的烈焰只能烧木头似的。你到底唱的是哪个调子呢？

克罗蒂　　在我眼里，她是我见过的最可爱的美人。

班勒蒂　　我不戴眼镜也能看出事情不是这样。倒是她的堂姐如果不是脾气急如火的话，作为美人，比起她来，就像五月的鲜花比寒冬的枯枝一样了。不过，我希望你并不想做她的丈夫。你有这种打算吗？

克罗蒂 说来我自己也不相信,虽然我发过誓不打算结婚,但是如果西萝愿做我的妻子,那又另当别论了。

班勒蒂 怎么会到这一步?说实话,世界上还没有一个男人愿戴绿帽子的。难道我就再也看不到一个六十岁的单身汉了?去你的吧!说老实话,如果你要自投罗网,那就戴上枷锁去挣扎过快活的日子吧。瞧,堂·彼德罗又回来找你了。

(堂·彼德罗及私生兄弟约翰上。)

彼德罗 你们不同我到梁拉托总督那里去,却在这里商量什么秘密事呀?

班勒蒂 如果亲王一定要我说出来——

彼德罗 既然你是个忠诚老实的大臣,当然要说。

班勒蒂 克罗蒂伯爵,请不要怪我。我希望你相信我是个会保守秘密、装聋作哑的人。但是作为一个忠诚老实的大臣,请你注意听我说,作为一个忠实的大臣我不得不实说——他落入情网了。爱上了谁?那就得有劳亲王下问了。其实,他的回答也很简单,就是西萝,梁拉托的小女儿。

克罗蒂　如果事情真是这样,他说得也不错。

班勒蒂　俗话说得好,现在不是这样,过去也不是这样,但是老天保佑,事情偏偏就是这样。

克罗蒂　如果我的感情不会很快改变,老天也不会改变我的感情。

彼德罗　阿门,如果你爱这位小姐,她也真值得你爱。

克罗蒂　亲王这样说,是要我招供了。

彼德罗　其实,我只是怎样想,就怎样说。

克罗蒂　的确,亲王,我也是有什么说什么。

班勒蒂　其实,的确,亲王,我也是有什么说什么。

克罗蒂　我爱她,这是我真实的感情。

彼德罗　她值得你爱,这点我明白。

班勒蒂　我既感觉不到她有什么可爱,也不明白她为什么值得爱。这就是我的看法。火刑也烧不掉,烧死我也改不了。

彼德罗　你是个不把女人放在眼里的顽固异教徒。

克罗蒂　他这是假作真时真亦假。

班勒蒂　女人生了我,我很感激。女人把我养大,我更感激万分。但是要我戴上绿帽子，还要我把女人吹捧得天花乱坠，那我可做不到。我不能贬低自己去抬高别人，不信男人，却信女人。那我宁愿受到处罚，再大的处罚也不过是做一辈子的单身汉而已。

彼德罗　我会活着看到你为爱情而不知所措的。

班勒蒂　我会生气，我会生病，或者饿得脸色惨白，但决不会为了爱情而脸无血色。如果我为爱情失掉了一滴血，不能喝一口酒就补回来，那你就用盲诗人的笔尖来挖出我的眼珠，挂在妓院门口，做瞎眼爱神的招牌吧！

彼德罗　那好，如果你说话不算数，那就是大笑话了。

班勒蒂　如果我改口，那就把我当作箭靶，把射中我的人称为神箭手吧。

彼德罗　等着瞧吧。野牛总是要变成驯牛的。

班勒蒂　野牛会变，班勒蒂可不会。如果变了，那就在我头上插两个绿色牛角，写上"牛马不分"，敢笑班勒蒂不丈夫！

克罗蒂　如果有这等事，那马可要发牢骚了。

彼德罗　不，只要爱神的箭在威尼斯没有射完，他一定会赏你一箭的。

班勒蒂　我也在等天崩地裂呢。

彼德罗　那就等着瞧吧。班勒蒂老兄，请你到梁拉托总督府去告诉总督：说我会来赴他的晚宴，不会辜负他一片好意的。

班勒蒂　我会代为致意，并且说明时间和地点的。

克罗蒂　写信的地点就在家中，如果这里有一个家的话——

彼德罗　时间是七月六日，署名是：好友班勒蒂。

班勒蒂　不要寻开心了，不要寻开心了。你们的话乱七八糟，东鳞西爪，没有联系，全是废话。问问你们自己的良心吧。我可没工夫和你们瞎扯了。（下。）

克罗蒂　现在，我想请主公帮一个忙。

彼德罗　我们情谊不分上下，你只管说，不管是多难的事，我总会尽量使你满意的。

克罗蒂　主公，梁拉托总督有没有儿子？

彼德罗　没有儿子，只有女儿西萝，那是他唯一的女儿。你喜欢她吗，克罗蒂？

克罗蒂　　啊，主公，当你打最后一仗的时候，我用战士的眼光看待肩上艰巨的任务，不敢妄想谈情说爱。但是现在从战场上回来，战争的思想留下了空白，使我投入了温暖乡中的柔情蜜意，看到了年轻貌美的西萝，她是多么令人心醉神迷啊！我在上战场之前就已经爱上她了。

彼德罗　　看来你是个多情种子，但是长篇大论会听得使人生厌。如果你真爱西萝，就要用甜言蜜语把她迷住。我可以向她和她父亲吐露你的真情，你就可以如愿以偿了。你转弯抹角，说来说去，还不就是这么一回事吗？

克罗蒂　　你从情人的外表就可以看出他内心的痛苦，真是医治相思病的高手。但是我怕我的感情流露会显得太冒失，所以才想慢慢进行。

彼德罗　　河有多宽，桥就要有多长，不必超过太多，只要合适就可以了。一句话包总，你爱上了她。我可以设法使你如愿以偿。今晚要开化装舞会，我可以戴上假面具去找美丽的西萝跳舞。说假面人是克罗蒂，我要把你内心的爱慕向她尽情倾吐,听得她的耳朵成了你感情的俘虏,再用你的真实表现向她发动进攻,然后再向她的父亲吐露你的心曲,结果她还能不是你的吗?所以不必多虑,现在就进行吧。

(同下。)

第一幕

第二场

梁拉托府中一室

（梁拉托与安东奥上，兄弟二人相遇。）

梁拉托　怎么样，老弟，你的儿子呢？是不是参加乐队了？

安东奥　他正忙着呢，老哥。不过，我要告诉你一件你做梦也想不到的新鲜事。

梁拉托　是好消息吗？

安东奥　那要看结果了，表面上看起来是很好的。亲王和克罗蒂伯爵在我园中林荫道上散步时闲谈，给我的下人听到了。伯爵对亲王敞开心怀说：他爱上了我的侄女，就是你的女儿西萝，并且打算在今晚的化装舞会上宣布。如

　　　　　果他得到她的同意，他会利用现在的时间，抓紧机会，立刻和你讨论这件事的。

梁拉托　听到消息的人头脑清醒吗？

安东奥　是一个看问题蛮尖锐的人。我就去要他来，你可以当面问他。

梁拉托　不必了，在事成之前，我会把这当作一场梦。不过，我会告诉女儿：如果这是真的，要她准备好好作答。你去把事告诉她吧。

（一侍从上。）

诸位，你们都知道要做什么事。对不起，老兄，你得和我同走，我用得着你。老弟，你帮帮忙，不要让大家搞乱了。

（众下。）

第 一 幕

第三场

梁拉托府中另一室

（堂·约翰及随从康拉德上。）

康拉德　有什么不高兴的事使主子心烦意乱吗？

约　翰　环境造成的不顺心事多着呢,哪能高兴得起来！

康拉德　要能够用理性克服感情才好。

约　翰　听了理性的话又有什么用？

康拉德　虽然不能立刻见效,但是可以使你耐心忍受。

约　翰　我觉得真怪,你这个倒霉日子出生的人,居然说什么起死回生的药方可以救危在旦夕的病人。我不必隐瞒我的现状：我有理由难过,就高兴不起来；我不会听了讥讽而大

　　　　笑；只会肚子饿了就吃，不等别人开口；我会困了就睡，不管别人的闲事；我一高兴就笑，不管别人快活不快活。

康拉德　不错，但是你不能毫无拘束，为所欲为。你和王爷不久以前还是对头，是他不再计较，你才站了起来。但你还没站稳脚跟，总要见机行事，创造条件，才能有所收获。

约　翰　我宁可做一朵篱边的野花而不做他掌中的玫瑰，我血性方刚，不想低三下四地为人拉车拍马。——我虽然不是个讨好卖乖的老实人，也不是个直来直去的坏蛋。假如要封住我的嘴巴才信任我，要绑住我的脚才给我自由，要我在笼子里才能放声歌唱，那可不成。我有嘴就要咬，有自由就要做我喜欢做的事。我要做我自己，不要妄想改变我。

康拉德　你就不想吐一口怨气吗？

约　翰　我要吐个一干二净，也只有这口怨气。看谁来了。（波拉乔上。）有什么消息吗？

波拉乔　我从宴会厅来，梁拉托用王家盛宴招待亲王你的哥哥，还谈到了一桩婚事。

约　翰　婚事会不会变成混事？哪个混蛋愿意自找没趣？

波拉乔　天哪，就是你哥哥的左右手。

约　翰　谁？那个没有漏洞的克罗蒂？

波拉乔　就是他。

约　翰　那他要打谁的洞呀？

波拉乔　就是梁拉托的女儿西萝。

约　翰　一个太老，一个太嫩。你怎么知道的？

波拉乔　我正在房间里熏香，看见亲王和梁拉托手挽手谈着正经事来了。我就跟在后面，听他们谈到亲王要去向西萝求婚，求得了再交给克罗蒂。

约　翰　去，去，我们也去凑凑热闹，火上加油反倒可以消愁解闷。那个新人趁我失势却得意了，杀杀他的威风，也可以泄一口气。你们可以助我一臂之力吧。

康拉德、波拉乔　那还消说，主子。

约　翰　那我们也去参加宴会吧。看见倒霉人，他们更得意。要厨子也和我一样想就好了。看有什么戏好演吧！

波拉乔　我们当然唯命是听了。

第二幕

第一场

梁拉托府中厅堂

（梁拉托、安东奥、璎珞珍、西萝及二侍女、贝丽丝及一亲人上。）

梁拉托　约翰伯爵来赴晚宴了吗？

安东奥　我没有看见他。

贝丽丝　这位先生一脸尖酸刻薄，见了他，什么好东西吃起来也没有味了。

西　萝　这个人一肚子的怪脾气。

贝丽丝　如果能把他一分为二，把半个他和半个班勒蒂合二为一，那就妙不可言了。一个像木头人，什么话也不说；另一个像晚年才生的宝贝儿子，稀里哗啦说个不停。

梁拉托　那么,让班勒蒂骑士半个舌头长在约翰伯爵嘴里,让约翰的心事挂在班勒蒂的脸上——

贝丽丝　叔叔,还要这个人快手快脚,加上满满的钱包,那就天下的女人没有一个不愿嫁这样的丈夫,如果他能得到她喜欢的话。

梁拉托　说实话,侄女,你这张嘴这样厉害,哪个男人吃得消呀?

安东奥　这是聪明反被聪明误了。

贝丽丝　如果不被聪明误,那不是更聪明了吗?其实,上帝何必这样麻烦,既把头上长角的公牛给了驯服的母牛,又把肚子下面长角的公牛给不听话的母牛?

梁拉托　这样看来,你是不要头上长角的公牛了?

贝丽丝　说对了,如果上帝不给我一个这样的丈夫,那我真要从早到晚都谢天谢地了。天呀!叫我怎能忍受一个满脸胡子的丈夫?那还不如躺在羊毛毯子里呢。

梁拉托　你可以找个没胡子的丈夫嘛。

贝丽丝　要那个丈夫干什么?让他穿上女装做侍女吗?有胡子的又没有青春,没胡子的却不算男人，没有青春怎么配得上我？看来我找不到男人，只好牵着猴子下地狱了。

梁拉托　那好，你就下地狱去吧。

贝丽丝　不，到了地狱门口，看门的魔鬼是头上长角的老王八。他会对我说："你到天上去吧，贝丽丝，你上天去吧，这里不是姑娘们待的地方。"于是我就只好丢下猴子，到天门去找圣彼得了。圣彼得向我指出快活的单身汉在什么地方，我就和他们在一起过上快活的日子了。

安东奥　那好，侄女，我看你会听话的。

贝丽丝　我妹妹当然会听话，她会行一个礼，再说："父亲，由你做主。"但是，总得是个漂亮的小伙子，否则，她会再行个礼说："爸爸，这得听我的。"

梁拉托　那好，侄女，我要看哪一天你才能找到丈夫。

贝丽丝　那就要等到上帝不再用泥土造人了。一个女人要俯首听命于一个风尘仆仆的汉子，岂不可悲？能把她的一生交托给歪门邪道上的一团烂泥吗？当然不行，叔叔。亚当的子孙都是我的烂兄烂弟，我们结合起来，不成了一团糟吗？

梁拉托 （对西萝）女儿，记住我说的话，如果亲王低三下四地求亲，你知道怎样对应。

贝丽丝 妹妹，如果求婚不合节拍，那就要怪音乐。如果亲王逼得太急，你就说：做事都要按部就班，就像跳舞一样。听我说，西萝，求婚、结婚、悔婚这三部曲就像快三步舞、慢四步舞、急五步舞一样，快三步像圆舞，慢四步像方舞，急五步像旋转舞。求婚时热得像快三步舞，结婚时稳得像慢四步，悔婚时却快得像急五步。腿也抬不动，却越跳越急，一直跳到坟墓中去了。

梁拉托 侄女，你的观察倒很精明。

贝丽丝 叔叔，我眼明心亮，白天当然看得见教堂是结婚的地方。

梁拉托 跳舞的人来了。贤弟，我们到一边去吧。

（彼德罗亲王、克罗蒂、班勒蒂、巴萨莎、堂·约翰、波拉乔、玛格丽、欧苏娜等假面舞客带小鼓上。）

彼德罗　小姐，能陪你的朋友走走吗？

西　萝　如果你轻脚慢步，温声细语，不说闲话，我可以奉陪，尤其是在我要离开的时候。

彼德罗　可以让我陪你离开吗？

西　萝　如果我高兴，会告诉你的。

彼德罗　那你什么时候高兴呢？

西　萝　等我看到你真面目的时候。我想，好琴不会装在破旧的琴匣子里吧。

彼德罗　我的假面具是神话中的茅屋，茅草下面有真神仙呢！

西　萝　那你的面具是茅草做的吗？

彼德罗　谈情说爱，不能大声喧哗。

（他们二人退到一旁。）

巴萨莎　那好，我希望能讨你喜欢。

玛格丽　为你着想，我不希望这样，因为我的缺点太多了。

巴萨莎　说一个看看。

玛格丽　我祈祷的声音太大。

巴萨莎　那我更爱你了。听见的人会喊：阿门，但愿如此！

玛格丽　但愿上帝给我一个好舞伴！

巴萨莎　阿门，但愿如此！

玛格丽　跳完了舞，求老天让我不再看见他。怎不说话了？

巴萨莎　已经得到答案了，何必多说！

（二人跳离舞台中心。）

欧苏娜　我看得出你是谁，你是安东奥伯爵。

安东奥　一句话包总，我不是。

欧苏娜　从你摇头摆尾的神气看来，就可以看得出。

安东奥　那是我在学他。

欧苏娜　除了他本人，不能学得这么像。这只干巴巴的手，也证明你就是他，你就是他。

安东奥　总而言之一句话，我不是他。

欧苏娜　去吧，去吧，你这样会说话。难道我还认不出你来？难道你的性格还能不外露？不要说了。你就是他。引人注意的地方是隐藏不了，终归要暴露出来的。

（他们跳舞离开舞台中央。）

贝丽丝　你能不能告诉我谁对你这样说的？

班勒蒂　我不能说，请你原谅。

贝丽丝　你也不能告诉我你是谁?

班勒蒂　现在不行。

贝丽丝　说我瞧不起别人,说我的俏皮话都是从《一百个笑话》中偷来的。——除了班勒蒂骑士,谁还能说得出这种话来?

班勒蒂　他是什么人?

贝丽丝　我敢肯定你知道得很清楚。

班勒蒂　我可不敢这样说。请你相信我。

贝丽丝　他从来没有使你笑过?

班勒蒂　请你告诉我:他是什么人?

贝丽丝　他就是亲王的说笑人,一个没有趣味的傻瓜,只会造谣生事。除了喜欢胡言乱语的人之外,没有人愿和他来往,不是因为他聪明能干,而是因为他坏主意太多。他只会使人发笑,又会使人发脾气,所以大家既笑他,又揍他。我敢肯定他也在舞场上。要是他敢动我一根毫毛,我就会叫他吃不消。

班勒蒂　要是我认识这位先生,我会转告你的意见。

贝丽丝　转告吧,转告吧,他有本领就来过招——要是他说的话没有人理,也没有人笑——把他打入冷宫，冷宫里还有冻着的鸡翅膀，因为他气得吃不下，晚餐的鸡翅膀就得剩下一只了。我们不要误事，快跟上前面的舞客吧。

班勒蒂　什么事都得跟着走。

贝丽丝　不对，总不能跟着做坏事吧。一转弯就得溜。

（舞会奏乐，众下。约翰、波拉乔、克罗蒂留台上。）

约　翰　（对波拉乔旁白）我的兄长肯定爱上了西萝，同她的父亲商量去了。女人也都跟着，只剩一个假面人了。

波拉乔　假面人是克罗蒂，从他的外表就可以看得出来。

约　翰　（对克罗蒂）你不是班勒蒂骑士吗？

克罗蒂　你看得准，我正是他。

约　翰　你是我兄长的知心人，他爱上了西萝。我请你去打消他这个念头。西萝的身世怎么配做王妃呢？你可以给他提个忠告。

克罗蒂　你怎么知道他爱上了她？

约　翰　我听见他发誓说他爱她。

波拉乔　我也听见，他今夜就要和她结婚了。

约翰　走吧,我们喝点酒去。

(堂·约翰、波拉乔下。)

克罗蒂　我就这样用班勒蒂的名字来做回答,却用克罗蒂的耳朵来听这个坏消息。这样看来,亲王肯定是为自己求婚了。友情可以持久,但是谈情说爱却顾不得友情啊。所以爱情一定要亲自进行,不能请人代劳。亲眼看见才是事实,不能轻信耳朵,因为没人能把耳闻变成目见啊。这并不算意外,每个小时都会发生,我可不能不信。因此,再见吧,西萝!

(班勒蒂上。)

班勒蒂　克罗蒂伯爵?

克罗蒂　正是本人。

班勒蒂　来,同我一起走走,好吗?

克罗蒂　到哪里去?

班勒蒂　就在那棵柳树下,谈谈你的事情,好吗?你打算怎样把柳条编成失恋的花圈,戴在什么地方?是像商人围在颈上的金链条,还是像军人挂在肩头的军功带呢?因为你的西萝已经落到亲王手里去了。

克罗蒂　　我希望他们会欢天喜地。

班勒蒂　　怎么，你说话好像牛贩子廉价卖出了一头小牛似的。你想，亲王会这样对你吗？

克罗蒂　　我请你离开我。

班勒蒂　　你这就像一个瞎子，顽童偷了他的肉挂在柱子上，瞎子却去打柱子。

克罗蒂　　如果你不走，那我就走了。（下。）

班勒蒂　　可怜兮兮的小鸟，受了一点轻伤就要躲到芦苇丛中去了。但是我的美人贝丽丝了解我吗？她不知道真实情况，却目中无人地把我说成是亲王的说笑人。嘿，我得到这个美名，也许是因为我喜欢说说笑笑，这就使人误解了我。其实，我并不是如此；是贝丽丝的坏脾气使大家都相信她而误解了我的。得了，我也要以眼还眼，以牙还牙了。

（彼德罗亲王上。）

彼德罗　　喂，老兄，伯爵在哪里？你看见他了吗？

班勒蒂　　的确，主公，我刚才看见他，还开了个移花接木的小玩笑。看见他愁眉苦脸地像一只受了伤的小鸟待在这里，我就告诉他主公已

　　　　经赢得了年轻美人的欢心。我要他同去柳树下编织一个失恋的叶圈，或者用柳枝做成鞭子，好抽他自己一顿。

彼德罗　为什么要抽他一顿？他犯了什么错吗？

班勒蒂　他犯了小学生才会犯的错误。小学生发现了一个鸟窝，却告诉了他的小朋友，不料这个小朋友居然把鸟偷走了。

彼德罗　你认为信任别人是错误吗？错误的是辜负了信任的人。

班勒蒂　那么，鞭子和花环有什么用处呢？在我看来，花环应该他自己戴，而鞭子却应该落在偷鸟的人身上。

彼德罗　我教会鸟儿唱歌之后，会把鸟儿归还原主的。

班勒蒂　如果鸟儿唱歌如你说的那样，那你可真是个大好人了。

彼德罗　贝丽丝小姐和你有争论，陪她跳舞的人说，你对她有不少误会。

班勒蒂　啊，她把我说得连一块木头都不如。即使我是只剩下一片绿叶的老橡树，我也不会准她这样胡说八道的。我的假面具都要变成真面孔来和她辩个你死我活了。她对我说——说时没有认出我来——我是亲王手下的说笑人，是一团污泥烂草。她的话对我如万箭穿心，每句话都是尖刀利刃。如果她的呼吸和言语一样恶毒，那走近她身边的人即使在北斗星照耀之下，恐怕也不得好死。即使亚当降生以后，全天下累积的财富都给她做嫁妆，我也不会娶她。她会把赫鸠力士当奴才，把他的武器当劈柴烧来取暖的。只要她在，人世就不如地狱好，人们宁愿犯罪打入地狱，免得担惊受怕，在她造成的恐怖混乱中过日子。

（克罗蒂、贝丽丝、梁拉托、西萝上。）

彼德罗　瞧，她来了。

班勒蒂　请主公派我到任何地方去做任何事情，哪怕是远在天边的微不足道的小事，去亚洲最偏僻的角落找一根牙签，到非洲去量一量约翰王的脚有多长，向忽必烈汗讨一根胡须，到矮人国去随便找什么东西，我都不愿再和这个人面鸟身的怪物说三句话了。您没有事用得上我吗?

彼德罗　没有,只想要你做个伴。

班勒蒂　天呀,这可是我吃不消的苦菜、望而生畏的长舌娘娘。(下。)

彼德罗　来吧,姑娘,你失掉班勒蒂骑士的欢心了。

贝丽丝　的确,主公,他借给我一片好心,我还他两份好意,这不是双倍奉还吗?天呀,他以前也赢得过我的好感,不过他掷的是假骰子。所以主公也可以说我是他手下的败将。

彼德罗　你把他打翻在地,姑娘,把他打翻在地了。

贝丽丝　我不希望他把我打翻在地,使我生下来的都是小傻瓜。您要我去找克罗蒂伯爵,我和他同来了。

彼德罗　怎么了,伯爵,怎么不高兴呀?

克罗蒂　不是不高兴,主公。

彼德罗　那是什么?是病了吗?

克罗蒂　也不是病了,主公。

贝丽丝　伯爵既不是不高兴,也没有生病;但又不能说他高兴或健康。他随随便便,像个橘子,既不争风,也不吃瘪。

彼德罗　的确，小姐，我看你说得对，虽然我敢发誓，他的自负不是真的。来吧，克罗蒂，我已经为你求了婚。美丽的西萝就是你的了。我也和她父亲说明，并且得到他的同意。你就定个结婚的日子吧。上天会给你们幸福的。

梁拉托　伯爵，接受我的女儿，也接受我的财产作陪嫁吧。这是亲王做成的好事。让大家都欢呼"阿门"！

贝丽丝　说吧，伯爵，轮到你了。

克罗蒂　最大的欢乐是说不出来的。如果说得出来，那也只是冰山露出来的一角。小姐，既然你是我的，我也就是你的，我把我的全部都献给你了，让我们的爱情渗透彼此的身心吧。

贝丽丝　说话呀，妹妹。如果不说也好，那就用一个密吻封住他的嘴唇，把爱情永远封闭在你们的心里。

（克罗蒂与西萝亲吻。）

彼德罗　的确，小姐，你有一颗欢乐的心。

贝丽丝　是的，主公，幸亏我有了这装聋作哑的心，才听不见那些惹是生非的风言风语。我的好妹妹正咬着她情人的耳朵，说些知心体己话呢。

克罗蒂　的确这样，堂姐。

贝丽丝　好伯爵，快成亲吧。大家都成对成双，就剩下我一个面黄肌瘦的女人，躲到屋子角落里去悲叹哀鸣了：嗨嗬！到哪里去找一个情哥？

彼德罗　贝丽丝小姐，我给你找一个吧。

贝丽丝　我倒想得到你父亲的亲生骨肉，主公有没有一个像你的亲生兄弟？您的父亲生了很多好丈夫，可惜都不是一个普通姑娘容易接近到的。

彼德罗　你会要我吗，小姐？

贝丽丝　不敢冒昧，主公，除非我还另外有一个普通丈夫。您好比是华贵的大礼服，但是不能整天穿在身上。我请主公原谅，我生来就爱谈谈笑笑，不谈正经事情的。

彼德罗　你要是不谈不笑，那才是最大的损失呢。谈笑风生，对你再合适不过了。你是天笑星的哈哈声中出生的吧?

贝丽丝　主公,我母亲生我的时候哭哭啼啼,哭得天哭星都掉眼泪了,那才生下了我。妹妹,但愿你们快快活活,不要像我这样。

梁拉托　侄女,你去看看我交代你的事做得怎样了,好吗?

贝丽丝　真对不起,叔叔。——(对彼德罗)请你原谅,我要失陪了。(下。)

彼德罗　说实话,她真是个欢天喜地的好姑娘。

梁拉托　主公,她身上简直没有忧虑的影子,连睡着了也是无忧无虑的。我女儿告诉我:她姐姐即使做了噩梦,醒过来也会哈哈大笑。

彼德罗　她听到谈丈夫的事就不耐烦。

梁拉托　难怪她会笑得向她求婚的人都不知所措了。

彼德罗　她若嫁给班勒蒂倒是天生的一对。

梁拉托　天哪,主公,要是他们结了婚,那包管不出一个星期就会闹得天翻地覆。

彼德罗　克罗蒂伯爵,你打算什么时候到教堂去结婚?

克罗蒂　就明天吧。举行婚礼之前,时间老人简直是扶着拐杖一步一移啊。

梁拉托　我的好女婿,星期一以前恐怕不行,还是等七天之后吧。时间仓促,怎能把事情办得称心如意呢?

彼德罗　来吧,不要摇头叹气了。克罗蒂,我保证时间不会过得没有趣味。七天之内,我要像赫鸠力士移山倒海一样把班勒蒂这座大山移到贝丽丝的汪洋大海中来,我要使他们不成对也要成双,只要你们三个助我一臂之力,准可以大功告成。

梁拉托　主公即使要我花十个不眠之夜,我也会心甘情愿去为您效劳。

克罗蒂　我也一样,主公。

彼德罗　你也一样吗,温存体贴的西萝?

西　萝　我当然愿意竭尽我微薄的力量,主公,去帮我姐姐找到个好丈夫。

彼德罗　那班勒蒂就不会是我所知道的"失道寡助"的好丈夫了。至少他有名副其实的贵族出身,无人不知的英勇,有口皆碑的忠诚。我要告诉你如何顺着你姐姐的脾气使她爱上班勒蒂。——(对梁拉托和克罗蒂)有你们二位的大力相助，尽管班勒蒂聪明敏锐，喜欢挑剔，也要落入贝丽丝的情网。如果我们能够马到成功，那爱神的弓箭就没有用武之地了，他的功劳都要记在我们名下。因为我们才是名副其实的爱神。快同我走吧，我就要告诉你们我的妙计。

（同下。）

第 二 幕

第二场

梁拉托府中另一室

（堂·约翰及波拉乔上。）

约　翰　居然走到了这一步，克罗蒂伯爵要和梁拉托的女儿结婚了。

波拉乔　爵爷，我可以使这场好事半途而废。

约　翰　你有什么灵丹妙药可以出我心头这口恶气？我苦苦想不出什么妙计来挫败他的好事，使他的美梦化为乌有。你有什么好法子吗？

波拉乔　爵爷，当然不能用正大光明的方法，只能用偷天换日的手段在暗地里进行。

约　翰　你简单说来我听听。

波拉乔　我记得一年前告诉过爵爷：西萝的侍女玛格

丽怎么看上了我。

约　翰　有这么一回事。

波拉乔　我可以在深更半夜不合适的时刻，约她在小姐卧室的窗口露面。

约　翰　这是使婚事破灭的一线生机吗？

波拉乔　那就要看爵爷怎样利用时机了。您可以去告诉令兄亲王，说这桩婚事大大有损于威名远扬的克罗蒂伯爵——你可以把他捧到天上去——怎能娶西萝这样名声扫地的女子呢？

约　翰　这能证明什么？

波拉乔　这可以引起亲王的误解，使克罗蒂恼火，使西萝身败名裂，把梁拉托活活气死。你还打算要什么结果呢？

约　翰　只要他们有人身败名裂，我没有什么不可以干的。

波拉乔　那就找个时机把堂·彼德罗和克罗蒂伯爵引来，告诉他们你知道西萝爱上了我，好引起亲王和克罗蒂的疑心——因为这事有关令兄的声誉，是他做成了这头亲事，这事也和他朋友的声誉有关，他看起来像是受了女方外表的欺骗——而这一切都是你发现的。但是如果没有证据,他们是不会相信的,你就把他们带到西萝卧室的窗前,亲耳听到我把玛格丽叫作西萝,听到玛格丽把我当作克罗蒂,最好就让他们在新婚前一夜看到——当然,我会设法让西萝那时不在卧室,那看起来西萝的不忠实就会引起妒忌,就会推翻婚姻的保证,取消一切准备。

约翰　无论产生什么后果,我都要实现这条妙计。你这活要干得利落,我会赏你一千金币的。

波拉乔　只要你不三心二意,我的机灵总是够用的。

约翰　我这就去问他们结婚的日期。

（同下。）

第二幕

第三场

梁拉托府花园

（班勒蒂上。）

班勒蒂　来人！

（侍童上。）

侍　童　大人叫我？

班勒蒂　我的卧室窗台上有一本书，你去给我拿来，送到果园中去。

侍　童　大人，我已经来了。

班勒蒂　我知道，不过，我要你去拿书到花园里来。

（侍童下。）

　　　　奇怪的是，看见别人糊糊涂涂地堕入情网，觉得浅薄可笑，结果却让自己也成了同样的笑柄，而这个人居然是克罗蒂。从前他只喜欢吹军号，敲战鼓，现在却爱听琴歌钟鸣了。他原来不惜奔波十里，去看一副盔甲，现在却十夜睡不着觉，要琢磨做一套新婚的礼服。他原来像一个老实的军人，说话直来直去，现在却要转弯抹角，字斟句酌，一句话要像宴席上的一道山珍海味，要细咀慢嚼，才能品出味来。是不是我也变得像他一样用新眼光看旧事了？我不知道，我想不会，但是不敢发誓。爱情也可能使我变成哑巴，但也不敢发誓，即使我成了哑巴，我也不会做傻瓜。女人可以很美，但我还是原来的我；女人可以有才，但我还是依然故我；女人可以有德，但我还是一成不变；除非一个美人德才兼备，我才会让她亲近三分。她一定得有钱，这是不消说的；她必须耳聪目明，那才有几分可取；她必须品德高尚，我不能够低就；她必须是眉清目秀，那才值得一顾；她必须温存体贴，高贵有如天使，言谈有如音乐，头发飘飘欲仙。啊，天哪，亲

　　　　　王和多情人来了。爱情光临,我只好躲一躲了。(藏身台旁。)

　　　　(彼德罗、梁拉托、克罗蒂及巴萨莎上。)

彼德罗　来,要不要听听音乐?

克罗蒂　好,我的好主公,今晚这么静,听音乐真是再好不过了。

彼德罗　你看,班勒蒂躲到哪里去了?

克罗蒂　主公不必担心,音乐一停,小狐狸就会露出尾巴来。

彼德罗　来,巴萨莎,那支歌你再唱一遍吧。

巴萨莎　啊,好主公,不要让我这蹩脚的嗓门再献丑了。

彼德罗　本领越大,越要戴上谦虚的假面。我请你再唱一次。不要让我求婚似的再来一次吧。

巴萨莎　既然谈到求婚,那我就再献丑一次吧。因为不少人向并不搭配的对方求婚时,满嘴说的并不都是心里想的,但还不是一样赌咒发誓、谈情说爱吗!

彼德罗　好,请你唱吧。如果你对爱情还有什么言犹未尽之处,那就唱出来吧。

巴萨莎　在我唱歌之前，请听我说实话：我所唱的歌词，没有一句值得认真听的。

彼德罗　他唱的和说的都是一样，全是虚无缥缈、无影无踪的。

（音乐声起。）

班勒蒂　（旁白）真是仙乐，听得人心神颠倒，羊肠似的细弦能使人听得灵魂出窍。等你唱完了，我要赏你一支羊角。

巴萨莎　（唱）不要唉声叹气，姑娘，不要唉声叹气！

　　　　男人永远会欺骗你，

　　　　一只脚在岸上，一只脚在水里，

　　　　永远不会表里如一。

　　　　不要唉声叹气，让男人去他的！

　　　　你自己要欢欢喜喜。

　　　　不要悲叹哀鸣，赶快回心转意，

　　　　唱他一个欢天喜地！

　　　　不要心情沉重，姑娘，不要心情沉重，

　　　　不要唱得那样悲痛！

　　　　哪个男人听了哀歌还会心动？

　　　　夏天能不郁郁葱葱？

> 不要唉声叹气，让男人去他的！
> 你自己要欢欢喜喜。
> 不要悲叹哀鸣，赶快回心转意，
> 唱他一个欢天喜地！

彼德罗　说老实话，真是一首好歌。

巴萨莎　但是唱得不好，主公。

彼德罗　不对，不对，说老实话，谁又能唱得更好呢？

班勒蒂　（旁白）要是一条狗这样乱叫，早给人吊死了。求求老天爷，不要让乌鸦叫得带来祸事或灾难！

彼德罗　好，你听见没有，巴萨莎？请你准备一些好歌曲，明天晚上我们要到西萝小姐卧室窗下去演唱。

巴萨莎　那我自然会尽我所能的，主公。

彼德罗　好好准备吧，再见。

（巴萨莎下。）

过来，梁拉托，你今天告诉我什么啦？你的侄女贝丽丝会爱上班勒蒂骑士？

克罗蒂　（旁白）不要打草惊蛇。——（对彼德罗）我怎么也想不到这位小姐会爱上什么人。

梁拉托　我也没有想到，但是更出人意料的是：她偏偏看中了班勒蒂骑士。表面上看起来，她最不喜欢的几乎就是他了。

班勒蒂　（旁白）这可能吗？这是哪里刮来的风？

梁拉托　说实话，主公，我也搞不清到底是怎么回事，但是她的确爱得如疯似狂，简直令人难以相信。

彼德罗　也许她只是装模作样的吧。

克罗蒂　的确，看起来像是这样。

梁拉托　天呀，怎么可能装模作样到了这种程度？感情哪能装得像她这么生龙活虎似的落入了无底深渊？

彼德罗　那么，她显出的是什么感情的结果？

克罗蒂　（旁白）鱼儿要上钩了。

梁拉托　什么感情，主公，会使她坐下来？——我女儿是怎么对你说的？

克罗蒂　就是这么说的。

彼德罗　怎么，怎么，快告诉我！你使我觉得意外了。我本来以为她的心是什么感情也攻不破的。

梁拉托　我本来也会发誓说是这样，主公，尤其是对班勒蒂。

班勒蒂　（旁白）我也会这样想，但是白发苍苍的老人这样年高望重，说话怎么可能有假呢？

克罗蒂　（旁白）他上钩了。——不要放松！

彼德罗　她有没有对班勒蒂吐露真情？

梁拉托　没有，并且发誓不肯泄密，这就是她的苦恼。

克罗蒂　她的确是这样，令爱也重复讲过她说的话："我这样经常瞧他不起，怎能写信说我爱他呢？"

梁拉托　她现在还是这样：一夜要起来二十次，披上一件罩衫，写上满满一页。这都是我女儿对我说的。

克罗蒂　你说她写满了一张纸，我还记得令爱告诉我的一个笑话呢。

梁拉托　啊，等她写完了一张纸再看一遍的时候，是不是发现纸上的"班勒蒂"和"贝丽丝"都成对成双了？

克罗蒂　你说对了。

梁拉托　啊，她把信纸撕得粉碎，怪她自己失格，怎么会写信给一个不把自己放在眼里的男人呢?我将心比心,如果是他写信给我,我准会瞧他不起。即使我爱他,我也会是这样的。

克罗蒂　于是她就跪下来,哭得泪流满面,用手捶胸,乱撕头发,祈祷上天,赌咒发誓说:"啊,亲爱的班勒蒂,求求老天给我耐心吧!"

梁拉托　她的确是这样说的。我女儿还告诉我:她如疯似狂,控制不了自己,吓得我女儿怕她会走上绝路。的确就是这样。

彼德罗　如果她自己不好意思开口,那要有人告诉班勒蒂就好了。

克罗蒂　那有什么用?他只会拿来开玩笑,并且把这个可怜的姑娘折磨得更厉害。

彼德罗　其实,无可怀疑的是:她是真心诚意的。

克罗蒂　而且是绝顶聪明的。

彼德罗　她做什么事都聪明,只有爱上了班勒蒂,那可是太糊涂了。

梁拉托　啊,主公,智慧和感情在这样一个弱女子身上交战。我有十之八九的把握说:感情会得

	到最后的胜利。我对这事非常惋惜，尤其是因为我是她的叔叔，还是她的保护人。
彼德罗	但愿她能把这份感情给我，那我什么都可以放弃，只要她能成为我的一半。请你问问班勒蒂，看他会怎么说。
梁拉托	你认为他会说好话吗？
克罗蒂	西萝认为贝丽丝会死，因为她说过：如果班勒蒂不爱她，她决不愿意让他知道她对他的感情，也不愿意改变她那争强好胜的性格。
彼德罗	她说得对。假如她对他温存体贴，那很可能反而给他瞧不起，因为你们都知道他是多么自高自大的。
克罗蒂	他很自以为是。
彼德罗	他从外表上看来的确兴高采烈。
克罗蒂	老天在上，他的内心也很聪明。
彼德罗	他的才智也太锋芒外露。
梁拉托	我看他很勇敢。
彼德罗	我敢保证他像特洛亚的英雄赫克托，争论起来却会见机行事，避免冲突，像个敬畏上帝的基督徒。

梁拉托　如果他敬畏上帝,那就该平心静气。如果不平静,那就会战战兢兢,和人争论。

彼德罗　他会的,因为从他开的玩笑看来,他是敬神的。这样说来,我真为你的侄女叫屈。我们去找班勒蒂,告诉他女人对他的看法如何?

克罗蒂　不必了,主公,让她的爱情自生自灭吧。

梁拉托　不,这不可能,恐怕爱情还没消失,她的心先碎了。

彼德罗　那好,我们等着听你的女儿怎么说吧。我看班勒蒂很好,但愿他有自知之明,不要辜负了贝丽丝的一片好心。

梁拉托　主公,晚宴就等您了。

克罗蒂　(旁白)要是这样他还不爱她,我就看不出还有什么希望了。

彼德罗　(旁白)我们还要布置另外一张情网。邀请令爱和她的侍女帮忙。让他们两个都以为对方在暗中爱上了自己,其实并没有这回事,而我们就有好戏可看了。这是一出哑剧。我们先要贝丽丝去请班勒蒂来参加晚宴吧。

(彼德罗、克罗蒂、梁拉托下。)

班勒蒂 （走到前台。）这不会是一个圈套：谈话都很认真，情况也是听西萝说的。他们看来都同情这个姑娘，看来她的感情是全心全意的。她爱我吗？那就不能对她不起。我听到他们怎么批评我，说如果我发现她爱我，我就会自高自大。他们还说她宁死也不愿流露她对我的感情。我从来没有想过要结婚，但不该显得傲慢。那些听到批评就能改正的人多好啊。他们说那姑娘很漂亮——这是真的，我就可以作证，她人也好，我也没有反证，她还聪明，不过说实话：她爱我并不能说明这一点，也不能因为我会爱她，甚至爱得要命，就说她很愚蠢。我可能对婚姻说过些不三不四的片言只语而被人认为有点机智。但是一个人的口味不会改变吗？年轻人喜欢吃肉，老人就吃不动了。咬文嚼字，难道文字子弹会吓退文人学士吗？不会。世界需要各色人等，当我说终身不结婚的时候，还没有想到我会活到结婚的年龄呢。贝丽丝来了。天呀！她是个美丽的姑娘！我在她身上看得出爱情的影子。

（贝丽丝上。）

贝丽丝　我来请你去赴晚宴，但并不是我主动要来的。

班勒蒂　美丽的贝丽丝，多谢多谢，麻烦你了。

贝丽丝　我来并不觉得麻烦，就像你说多谢，其实也没有麻烦你。如果真麻烦，我就不来了。

班勒蒂　不嫌麻烦，是不是感到乐趣呢？

贝丽丝　我感到的乐趣，像鹦鹉学舌感到的一样多。你是不是不饿？不想去吧？那我就先走了。（下。）

班勒蒂　哈！"并不是我主动要来的。"不是你主动要来，那就是你被我打动了。"并不觉得麻烦"，那就等于说是感到乐趣了。说得这样明白，我怎能装傻呢？那我成了什么人啦！如果我不爱她，那不是太矫情了吗？我得去向她讨一张画像。（下。）

第 三 幕

第一场

梁拉托府花园

(西萝及二侍女玛格丽、欧苏娜上。)

西 萝 我的玛格丽,快到客厅里去,我姐姐贝丽丝正在同亲王和我未婚夫克罗蒂谈话,你轻轻地在我姐姐的耳边说:你听到我和欧苏娜正在花园里谈论她呢。告诉她你听到了什么,并且要她也到绿荫深处的凉亭里来,那里太阳照耀得鲜花盛开。但是青草绿叶却丰盛得使太阳进不了凉亭,就像君王宠幸的大臣反而蒙蔽了君王的视听一样。你要我姐姐来亭子里听我们谈些什么。这就是要你做的事,你要好好记住,但是又要注意不打搅我们。

玛格丽　我保证会要她马上就来,请放心吧。(下。)

西　萝　现在,欧苏娜,在玛格丽回来以前,我们要在这条林间小路上走来走去,谈的只是班勒蒂。我一提到他的名字,你就要夸不绝口,说班勒蒂已经为贝丽丝害上相思病了。让我们用歪打正着的爱神利箭来射穿她的心吧。

(贝丽丝进入凉亭中。)

现在,开始讲吧。瞧,贝丽丝已经像一只凤头麦鸡来偷听了。

欧苏娜　(对西萝说。)钓鱼最有趣的时候,是看到鱼的金鳞划开银波,贪婪地咬住好看不好吃的钓钩。我们就是在这样吊贝丽丝的胃口。她现在正藏身在万绿丛中的凉亭里,你不必担心我会说漏了嘴。

西　萝　(走近凉亭,对欧苏娜说。)那我们就走到她身边去,不要让她的耳朵漏掉我们捏造的半点消息。(大声说。)的确,欧苏娜,她太目中无人了,我知道她的脾气,她不喜欢拘束,要为所欲为,就像悬崖峭壁上的雌鹰一样。

欧苏娜　你能肯定班勒蒂死死地盯上了她吗?

西　萝　亲王和我的未婚夫都是这样说的。

欧苏娜　小姐,他们要你转告她吗?

西　萝　他们要我转告,但我尽力说服他们:如果他们想为班勒蒂赢得她的欢心,那就不能让她知道真情。

欧苏娜　那是为了什么?难道他不配和贝丽丝同床共枕?

西　萝　爱神在上,只要有男人配上她的床,那就是班勒蒂了。但是全天下女人的心,没有一个比贝丽丝更高傲的。她的眼里闪烁着傲慢和藐视的目光,她的聪明贬低了别人的智慧,感到没有人配得上她,值得她爱。这样就自绝于人了。

欧苏娜　我看也是这样。因此,肯定不能让她知道班勒蒂对她的爱,否则,她更要拿爱情来开玩笑了。

西　萝　你说对了。我还没有见过一个男人,无论多么聪明、高贵、年轻,面目不同寻常,而我姐姐不吹毛求疵的。如果男方眉清目秀,她就会说可以做她的姐姐；如果对方浓眉粗目、结实古板，她又会说他是古代的野人，乱七八糟拼凑而成的。高个儿的是歪头长矛，矮个子是短腿蛤蟆，会说话的是风吹墙头草，不说话的是落地生根的木头。她看人只看缺点，聪明老实的人才也成了毫无用处的活宝。

欧苏娜　的确。这样说长道短，把什么人都看扁了。

西　萝　像贝丽丝发表的这种奇谈怪论，叫我怎么说好？谁敢当面对她实话实说？如果我说实话，她会笑得我忘了自己是谁，用她的聪明才智，压得我低声下气，不知如何是好。所以我只得让班勒蒂压住自己心中的情火，在长吁短叹中度日，也比忍受冷嘲热讽好些。让人讽刺，就像抓着痒处不许笑一样难受啊。

欧苏娜　那为什么不告诉你姐姐，听她怎么说呢？

西　萝　不行，我宁愿去找班勒蒂，劝他克制他的热情，用些对我姐姐无关紧要的假话来打消他追求爱情的念头，不知道这样说长道短能起多大作用。

欧苏娜　啊，你姐姐这样的聪明人不可能不明白是非，甚至拒绝一个像班勒蒂这样难得的人才。

西　萝　除了我亲爱的克罗蒂以外，意大利也找不出第二个班勒蒂这样的人才。

欧苏娜　小姐，请你不要生气，说老实话，班勒蒂骑士无论是外表还是内心，口才还是勇气，在全意大利都是名列前茅的。

西　萝　他的确是名声在外。

欧苏娜　其实他是先有表现，后有名声的。小姐，你的婚礼什么时候举行？

西　萝　从明天起，每天都是婚期。来，我们进去。我要让你看看我的新婚礼服，你看明天穿哪件好。

（她们离开凉亭。）

欧苏娜　我相信她上钩了，我们钓着了大鱼。

西　萝　果真如此。爱情也要碰命，爱神有时用箭，有时却只用计。

（西萝同欧苏娜下。）

贝丽丝　（走上前台。）我的耳朵里怎么起火了？这可能是真的吗?难道傲视一切反倒使我身受其害了?高傲啊,再见吧!洁身自好啊,去你的吧!高傲之后能有什么好处呢?班勒蒂,爱下去吧!你会得到回报的。用爱情的手驯服你的雄心吧!如果真正是爱,我的好心会使我们的爱情合二为一的。人家说爱情万古长青,我相信这并不是言过其实的。(下。)

第三幕

第二场
梁拉托府中一室

(堂·彼德罗亲王、克罗蒂、班勒蒂、梁拉托同上。)

彼德罗　我只住到你们结婚之后,就要回阿拉贡去了。

克罗蒂　主公,如果你允许的话,我要陪你回去。

彼德罗　不行,那不是给你们温暖的婚礼泼冷水吗?这就像只给孩子看新衣服,却不许他穿一样,我只要班勒蒂和我同走就行了,因为他从头上戴的帽子和脚上穿的鞋子,都显出了欢天喜地的神气。他有两三次把爱神的弓弦都折断了,所以他现在是神箭也伤害不了的。他的心如洪钟，而他的舌头就是钟舌。他心里想到什么，嘴里就说什么。

班勒蒂　风流哥儿们，我已经不是从前的我了。

梁拉托　我说呢，你怎么害相思病了？

克罗蒂　但愿他也堕入了情网。

彼德罗　那就该吊死这个逃兵。他身上没有一滴血染上了相思病。

班勒蒂　但是我牙痛。

彼德罗　那就去拔牙吧。

班勒蒂　一拔牙就要上吊了。

克罗蒂　先上吊，后拔牙。

彼德罗　怎么？牙痛得唉声叹气？

梁拉托　其实只是牙齿生了虫，所以发脾气。

班勒蒂　没有得过病怎么会治病？

克罗蒂　不过我说，他得的是相思病。

彼德罗　他看起来并没有胡思乱想，除非他自以为是幻想，——幻想今天打扮成了荷兰人，明天又成了法国人。除了这些糊涂的幻想，他还没有蠢到害相思病的地步，那只是你以为他胡思乱想罢了。

克罗蒂　如果他没有爱上一个女人，怎么会像历来害相思病的人那样，天天早上把帽子刷得漂漂亮亮的？

彼德罗　有谁见他常去理发店吗？

克罗蒂　没有，但常见他和理发师来往，他的胡子也刮得干干净净，刮下的胡子可以塞满一个网球呢。

梁拉托　的确，他刮了胡子看起来要年轻多了。

彼德罗　不仅如此，他还搽香水呢。你闻不出来吗？

克罗蒂　这就是说，年轻人在恋爱了。

彼德罗　最引人注意的是：他时时刻刻显得若有所思。

克罗蒂　他什么时候开始每天整理装容的？

彼德罗　的确，还涂脂抹粉呢。

克罗蒂　不，他那嬉皮笑脸也按部就班转到琴弦上去了。

彼德罗　的确，这说明他有重大的变故，结论就是他恋爱了。

克罗蒂　不，我只知道有人爱他。

彼德罗　我也想知道：不会是一个知心人吧。

克罗蒂　不对，不但知道他的坏脾气，还愿意为他死呢。

彼德罗　那她下葬的时候，一定和上床的时候一样，应该是脸朝上的。

班勒蒂　（对梁拉托）这也不能治牙痛呀。老先生，你能同我走走谈谈吗？我有几句话要对你好好说，可不能让人听了当作笑话讲啊。

（班勒蒂同梁拉托下。）

彼德罗　一定是谈贝丽丝的事。

克罗蒂　不错，西萝和玛格丽已经在贝丽丝眼前扮演了她们的角色，等这两头熊雌雄会面的时候，就不会再你咬我一口、我咬你一口了。

（堂·约翰上。）

约　翰　王兄，老天保佑！

彼德罗　你晚上好，贤弟。

约　翰　如果你有空，我想和你谈谈。

彼德罗　是私话吗？

约　翰　是的，不过克罗蒂伯爵也可以听听。因为我谈的事和他有关。

彼德罗　那是什么事呢？

约　翰　伯爵不是明天要结婚吗？

彼德罗　你说得不错。

约　翰　我却知道这事错了，等他听我说了，就会明白。

克罗蒂　如果这有什么不妥，请你不妨直说。

约　翰　你也许认为我对你不好，这等以后再谈。不过我现在要对你谈的，却是为了你好。至于王兄，他是要成全你们的好事，但是好心没有得到好报，那就是费力不讨好了。

彼德罗　怎么？出了什么事吗？

约　翰　我来告诉你们，长话就短说吧——因为小姐早就是话柄了。——她人并不可靠。

克罗蒂　你说谁呀？是西萝吗？

约　翰　正是她，梁拉托的女儿，你的未婚妻，人人的玩物。

克罗蒂　她不忠实？

约　翰　这话还说得太轻了，我说的事比这还要严重，不管什么头衔加在她身上都不过分。你先别吃惊，事情还在后面呢。今夜你去她卧室窗外就可以看到她在结婚的前夜干出什么好事。如果你还爱她，明天就结婚吧。如果你变了心,那对名誉却可能有得无失。

克罗蒂　会到这一步吗?

彼德罗　我不相信。

约　翰　如果你们不信亲眼得见的事,那能算了解事情吗?只要你们跟我来,就有好戏给你们看,你们看得越久,听得越多,再看情形怎么办吧。

克罗蒂　若果我今夜看到有什么不对头,那明天为什么要在大庭广众之中和她结婚呢?我要骂得她面无人色。

彼德罗　而我居然为你向她求婚,我要和你一道,说得她无地自容。

约　翰　在你们亲眼目睹以前,我就不谈她的丢脸事了。请你们耐心等待,看看事实真相吧。

彼德罗　倒霉的日子!

克罗蒂　倒霉事叫人意想不到。

约　翰　等你们看到了真相,就会说防患于未然是好事了。

　　　　(众下。)

第 三 幕

第三场

街道

（多贝雷同副手维杰斯及巡警上。）

多贝雷　你们都是老实的好人吧。

维杰斯　是的。如果不是，肉体和灵魂就不能升天，那可糟了。

多贝雷　不，他们当了亲王的巡警，如果没有好心，那死后不升天也不算什么处罚了。

维杰斯　那好，告诉他们该做什么吧，我的好伙伴多贝雷。

多贝雷　首先，你们说什么人不配当巡警队长。

巡警一　长官，胡卖饼和乔海滩都不配，他们认得几个字。

多贝雷　来吧,乔海滩,好搭档,老天爷给你取了个好名字。

(乔海滩出列。)

你的命好,认得字也是你的天分高。

巡警二　(乔海滩)长官,命好和天分——

多贝雷　两样你都有,我知道你会这样回答,那么,谢天谢地,不要吹牛吧。至于读书写字,在不需要自高自大的时候,你就读吧,写吧。你是最无聊又最合适的巡警队长。因此,提起你的灯笼。你的任务就是询问过路人。你可以用亲王的名义叫任何游手好闲的人站住。

巡警二　要是他不站住怎么办?

多贝雷　那就不要管他,让他走他的吧。你还可以告诉所有的巡警说:谢天谢地,总算摆脱了一个坏蛋。

维杰斯　如果叫他站住他不听,那一定不是亲王的好百姓。

多贝雷　说得对,我们只和亲王的好百姓打交道。你也不要介入街头的吵闹,因为要巡警去和乱七八糟的人捣成一片,随便胡说八道的话,那是最可容忍、最难容忍的事。

巡　警　我们宁可去睡大觉,也不去打搅他们。我们知道什么是我们的本分。

多贝雷　的确,你说出了古人的名言中最能维持安宁的办法。我看不出睡大觉有什么不好,只要账本不被偷走就行了。好,你们就去酒馆叫醒那些醉鬼。要他们上床睡大觉去吧。

巡　警　如果他们不去睡呢?

多贝雷　那就随他们的便,等他们酒醒了再说吧。如果他们不老实回答,你就不妨说你认错人了。

巡　警　长官,你说得对。

多贝雷　如果你碰到小偷,你可以根据你的职务,怀疑他不是这种人,因为和这种人打交道越少越好,越多越表示你太老实。

巡警二　如果我们知道他是贼,是不是该下手抓他?

多贝雷　问得好,根据你们的职务,你们可以动手,不过在我看来,近墨者黑,用墨水容易弄脏手,你最稳当的办法是让贼做贼,偷偷溜走，免得玷污你的清白。

维杰斯　老兄，无怪乎大家都说你是个大好人。

多贝雷　我连狗都舍不得吊死一条，何况是个老实人呢？

维杰斯　你要是半夜听见婴儿哭，会叫醒奶妈来喂奶吗？

巡警二　要是奶妈也睡着了，听不见怎么办？

多贝雷　那你就悄悄走开，让孩子哭醒奶妈好了。如果母羊听不见小羊哭，哪里会听见牛叫呢？

维杰斯　说得真对。

多贝雷　话就说到这里为止。你们巡警是代表亲王的，即使夜里碰到亲王本人，也可以叫他站住。

维杰斯　圣母在上，我看不行。

多贝雷　我敢用五先令和任何人用一先令打赌，你可以拦住亲王，圣母在上，即使亲王不愿也不要紧，因为巡夜不怕得罪人，而不让巡警挡住亲王，就是没有执行亲王的命令。

维杰斯　圣母在上，我看也是这样。

多贝雷　哈哈,伙计,再见!如果发生了什么重要事,就叫醒我来听你和伙计们的意见。再见吧,来,伙计。

(准备下场。)

巡　警　好,两位长官,我们知道了该做的事,会坐在教堂前的长椅上等到两点钟,然后去睡大觉吧。

多贝雷　还要说一句,好伙计,请你们看住梁拉托总督府的大门,那里明天就要举行婚礼,今夜很热闹。再会吧,请你们不要粗心大意。

(多贝雷、维杰斯下。)

(波拉乔、康拉德上。)

波拉乔　怎么了,康拉德?

巡　警　(旁白)不要响,不要动。

波拉乔　康拉德,我说。

康拉德　老兄,我就在你身边。

波拉乔　天呀,我的胳膊痒,恐怕要生疮了。

康拉德　我不回答你,等你先说你的事吧。

波拉乔　你站过来一点,到屋檐底下来,下小雨了,我会像喝醉了一样把什么话都对你说的。

巡　警　（旁白）有坏事了，长官，请站过来一点。

波拉乔　你知道吗，我赚了堂·约翰一千金币了。

康拉德　有什么坏事值得花这么多钱呀？

波拉乔　你应该问哪一个坏蛋有这么多钱。有钱的大坏蛋要没钱的小坏蛋做坏事，小坏蛋就可漫天要价了。

康拉德　我很怀疑。

波拉乔　这表示你毫无经验，不知道衣服帽子的式样和一个人的品格没有什么关系。

康拉德　你说得对，衣服只是装饰品。

波拉乔　我是说：装饰品很时髦。

康拉德　你说得对，时髦就是时髦。

波拉乔　不，这不等于说傻瓜就是傻瓜吗？你不知道时髦是个乱七八糟的小偷？

巡警一　（旁白）我知道这个乱七八糟的小偷七年来一直像个大人物在街上大摇大摆，我还记得他的大名呢。

波拉乔　你没听见有人说话吗？

康拉德　我没听见，恐怕是风吹得屋顶上的风信鸡叫吧。

……①

波拉乔　那好。你知道我今夜向西萝求婚,不,其实是向西萝的侍女玛格丽求婚的事?她靠着卧室窗口向我说了一千次"晚安"!——我这个故事讲得不好。——应该先告诉你:亲王、克罗蒂,听我主子约翰的摆布,今夜在园里看到了我们的约会,甚至是幽会呢。

康拉德　他们错把玛格丽当作西萝了。

波拉乔　亲王和克罗蒂两个人受了骗,我的主子约翰当然知道那是玛格丽。但是他在黑暗的深夜里赌咒发誓,加上我的油嘴滑舌,骗得他们信以为真,克罗蒂气得暴跳如雷,发誓明天在教堂结婚时,要在大庭广众之中当面侮辱她一番,并且不当新郎,就要把新娘送回老家去了。

巡警一　我们用亲王的名义要你们站住!

巡警二　请警长来。我们发现了整个王国最危险的案件。

---

① 译注:下删二人对话两段。

巡警一　他们中间有一个我认得的丑八怪,他身上还挂了一根多情链呢。

康拉德　诸位,诸位——

巡警二　一定要把丑八怪交出来。

康拉德　诸位——

巡警一　不要多说了,我命令你们服从命令,跟我们走。

波拉乔　我们看来好像是成了这些人账单上的货物。

康拉德　我看也是,成了货物就只好跟着走了。

（众下。）

第 三 幕

第四场

梁拉托府中一室

(西萝及玛格丽、欧苏娜上。)

西　萝　我的好伴欧苏娜,去叫醒贝丽丝姐姐,要她起床吧。

欧苏娜　好的,小姐。

西　萝　要她到这里来。

欧苏娜　好的。(下。)

玛格丽　真的,我觉得别的花边领子比这个好看一点。

西　萝　不,听我说,好玛格丽,我还是喜欢这个领子。

玛格丽　说实话,我觉得这个领子不那么好,我看你姐姐也会这样说。

西　萝　我姐姐不识货，你也一样。我不要别的领子，就只要这一个。

玛格丽　这个领子翻过来倒很讨人喜欢。如果假发颜色更深一点，就配合得更好了。你的礼服式样倒很新颖，我见过米兰公爵夫人的礼服，大家都说是好，但是你的礼服简直可以和她的比美。

西　萝　啊，大家都说那是不可比的。

玛格丽　但比起你的结婚礼服来，公爵夫人的只能算是普通的晚礼服了，虽然那是用金线缝的，银色丝带上还有珍珠装饰，袖子长得遮住了手腕，外面还有罩袖，都有金银丝线、天蓝丝线点缀。但要说起式样高雅来，你的礼服要好上十倍。

西　萝　老天保佑我欢欢喜喜地穿上礼服吧，我的心怎么这样沉重呀！

玛格丽　如果你的心再压上一颗男人的心，那就更沉重了。

西　萝　去你的吧！你怎么也不害羞？

玛格丽　有什么可害羞的,小姐?这是正经的大事嘛。即使叫花子结婚也是一样。难道你夫君会不感到光荣吗?坏念头也歪曲不了好话。我不会得罪人。丈夫压在身上有什么不好?我看没有。只要是正式夫妻,否则就压不住,轻飘飘的。你若不信,就去问问贝丽丝。她这不就来了吗?

（贝丽丝上。）

西　萝　早上好,姐姐。

贝丽丝　你好,亲爱的西萝。

西　萝　你怎么啦?怎么说话的声调有气无力的?

贝丽丝　我已经不会用别的声调说话了。

玛格丽　那就拍手唱一支《薄情郎》吧。——一唱就没有负担了。你来唱,我来跳舞。

贝丽丝　你的脚没有给爱情拴住。你的马蹄子可以轻飘飘地跳。如果你丈夫有马厩,你也会给他生一窝小马的。

玛格丽　马厩不合规矩!我舍不得跳坏了我的腿。

贝丽丝　快到五点钟了,你应该去准备准备。说实话,我不太舒服。嗨嗬!

玛格丽　你不舒服，是为了马，还是为了丈夫？

贝丽丝　他们都是同样靠不住的。

玛格丽　你不是异教徒，怎么航海会看不见北极星？

贝丽丝　这傻瓜是什么意思？

玛格丽　我没有什么意思，老天会使每个人都心满意足的。

西　萝　这些手套是伯爵送我的，闻起来挺香啊。

贝丽丝　我鼻子塞了，闻不出味来。

玛格丽　一个姑娘会给什么硬东西塞住了？是不是着了凉？

贝丽丝　老天帮帮忙吧！你什么时候学会说俏皮话的？

玛格丽　从你不说俏皮话起，我的嘴就灵了。

贝丽丝　你的俏皮话要戴到帽子上去才灵光呢。说老实话，我真不舒服。

玛格丽　心病要用心药医。

西　萝　有种心药叫"斑辣剂"（谐音"班勒蒂"）。

贝丽丝　为什么要用"斑垃圾"？什么意思？

玛格丽　说老实话，没有什么意思。我的意思就是心药。你也许认为我想到了班勒蒂，是隐射你在恋爱。不，圣母在上，我还不那么傻，会去胡思乱想，或者胡乱想到你会恋爱，也不会随心所欲去想我能做什么，即使我想得我的心不会想了，我也不会想到你现在恋爱了，或者将来要恋爱，或者可能会恋爱。的确，班勒蒂过去是另外一个这样的人，不过他现在变成一个男人了。他过去发誓不结婚，现在，不管他心里怎么样，他又毫无怨言地吃起荤菜来了；至于你会怎样改变，我不知道，不过我看到你转起眼睛来也和别的女人一样。

贝丽丝　你的舌头胡说些什么？

玛格丽　没有一句虚言妄语。

（欧苏娜上。）

欧苏娜　小姐，请回房里去吧，亲王、伯爵、班勒蒂骑士、堂·约翰和全城的头面人物都来接你去教堂了。

西　萝　快帮我打扮好。好姐姐，好玛格丽，好伴欧苏娜。

（众下。）

第 三 幕

第五场

梁拉托府中另一室

（梁拉托及巡视警官多贝雷、维杰斯上。）

梁拉托　我的左邻右舍找我有什么事？

多贝雷　天哪，长官，我有一件重要的事报告。

梁拉托　请你说简单点，你看，我正忙着呢。

多贝雷　天哪，事情就是这样。

维杰斯　是的，说老实话，真是这样。

梁拉托　是什么事呀，我的好朋友？

多贝雷　维杰斯是个老好人，长官，说话有点离题。一个上了年纪的人，长官，智力不是那么尖锐，老天帮忙，我希望他能尖锐，但是说实话，就像眉毛之间的皮肤一样不尖。

维杰斯　说得对,谢天谢地,我和随便哪个活着的人一样老实,不尖刻,没有哪个老人比我更老实了。

多贝雷　比喻是言简意阔的,维杰斯老伙计。

梁拉托　老伙计,你们真烦人!

多贝雷　长官爱怎么说就怎么说,我们是好公爵的部下。不过,说实话,就我说来,如果我像国王一样讨厌,我会把心里讨厌的东西都送给长官。

梁拉托　啊,讨厌的东西都送给我,哈?

多贝雷　对,还有更讨厌一千倍的东西,因为我听到关于长官的好话,比市内任何人的都多,虽然我只是一个小人物,听了也很高兴。

维杰斯　我也一样高兴。

梁拉托　我想知道你们到底要说什么。

维杰斯　天呀,长官,我们今夜巡查,除了见到长官以外,还碰到两个绝对的坏蛋,全摩西那找不到更坏的。

多贝雷　长官,一个老好人要说话。人家说得好:老年到了,聪明就跑了。老天保佑,世界就是这样。那好,说真的,上帝是个老好人。如果两个人骑一匹马,总有一个在前,一个在后。一个老实人,说老实话,长官,吃面包的人只有这样老实,但是老天在上,人总是一样的。唉,我的好伙计。

梁拉托　的确,伙计,他比你差多了。

多贝雷　这是天意。

梁拉托　我可要走了。

多贝雷　还有一句话,长官,我们巡夜的人的确查到了两个可疑的人,今天早上要当长官的面审问他们。

梁拉托　你们自己审问,把结果告诉我就行了。我很忙,难道你们看不出来吗?

多贝雷　那也就行了。

梁拉托　喝杯酒再走吧。再见了。

　　　　(一侍从上。)

侍　从　大人,大家在等你举行婚礼呢。

梁拉托　我这就来,已经准备好了。

　　　　(梁拉托同侍从下。)

多贝雷　去吧,伙计,去要方西斯拿笔和墨水到客房里来。我们要审问这两个人。

维杰斯　我们要想办法问出结果。

多贝雷　我们不能省力,一定要问个水落十尺(石出)。找个有学问的人来做记录,同他到客房里来见面吧。

(同下。)

第 四 幕

第一场

摩西那一教堂内

(堂·彼德罗亲王、堂·约翰、梁拉托、方西斯神甫、克罗蒂、班勒蒂、西萝、贝丽丝及侍从上。)

梁拉托　来吧,方西斯神甫,简单一点,只要按照平常的婚礼进行,以后再谈婚姻的责任吧。

方西斯　伯爵,你来是和这位小姐举行婚礼的吗?

克罗蒂　不是。

梁拉托　他是来结婚的,你才是来举行婚礼的呢。

方西斯　小姐,你是来和伯爵结婚的吗?

西　萝　是的。

方西斯　如果你们之间有什么妨碍婚姻的隐忧,我要求你们凭良心实说吧。

克罗蒂　西萝，你有隐忧吗？

西　萝　没有。

方西斯　伯爵，你呢？

梁拉托　我敢代他回答：没有。

克罗蒂　啊，人敢做出什么事来？又会做出什么事来？一个人天天做什么事，却不知道做了什么啊。

班勒蒂　怎么？要发感叹了？那为什么不说"嘻嘻哈哈"？

克罗蒂　神甫，请你让开！对不起，我暂时叫你一声"岳父"吧，你可以问心无愧地把女儿嫁给我吗？

梁拉托　当然可以，就像上帝把她给了我一样。

克罗蒂　那么，我该用什么来报答你的恩赐呢？

彼德罗　没有什么可以报答，只好原璧奉还了。

克罗蒂　敬爱的亲王，谢谢您的苦口良言。梁拉托，我这里只好送归原主了。

（把西萝交给梁拉托。）

不要把腐烂了的橘子送人。她只是外表显得

高贵，瞧她那娇媚的笑容多么可爱！啊，但是乔装打扮怎么掩饰得了虚伪的内心？羞红的脸孔也不能证明行为的贞洁。你们只看她外表的人都会发誓说她是一个纯洁的处女，但她却并不是。她已经尝过床笫的欢情了。她的娇羞不是纯洁，而是罪过的表现啊。

梁拉托　你这是什么意思，伯爵？

克罗蒂　我不要结婚了，不能把我的灵魂献给一个荡妇呀。

梁拉托　我亲爱的伯爵，如果你为了考验而利用我女儿的年轻无知，使她失身——

克罗蒂　我知道你想说，我作为丈夫提前拥抱了她。你要摆脱她的罪名。不对，梁拉托，我从来没有用过戏言乱语来挑逗过她，而是像兄妹一般循规蹈矩，不敢越轨一步的。

西　萝　难道我不是这样对你的吗？

克罗蒂　脱下你的伪装吧，我要来公开揭露你了。你对我似乎是月亮中的女神，像没有开放的蓓蕾一样纯洁，但实际上你的身体里却流淌着卑污的血液。比爱神维纳斯还更轻浮，听任卑鄙下流的兽性呼唤。

西　萝　我的伯爵这样胡言乱语，难道是发了疯吗？

梁拉托　我的好亲王，您怎么也不说句话呀？

彼德罗　你叫我说什么呢？我为我的好朋友撮合的竟是一个下流的女子，我这还不够丢脸吗？

梁拉托　这是你说的话，还是我在做梦呢？

约　翰　老兄，这些话都是王兄说的，而且都是真话。

班勒蒂　这看起来哪像一个婚礼呀！

西　萝　的确，啊，天哪！

克罗蒂　梁拉托，我是站在这里吗？这是亲王？那是亲王的兄弟吗？这是西萝的面孔？我们的眼睛没有瞎得看不清吗？

梁拉托　一切都是如此，那又怎样，伯爵？

克罗蒂　我只要问你女儿一个问题，请你用父亲对女儿的权力，要她老实回答。

梁拉托　既然你是我的女儿，我当然要你照办。

西　萝　啊，老天保佑，要逼我说什么呢？难道这是法庭审问吗？

克罗蒂　要你自己亲口老实回答。

西　萝　难道我不是西萝吗？谁能不偏不倚、公正地澄清我被玷污了的名声呢？

克罗蒂　天哪，只有西萝自己能够。西萝可以损害自己的品德。昨夜十二点到一点之间，什么人在你卧室窗外和你甜言蜜语？如果你还没有被他玷污，就回答这个问题吧！

西　萝　在那个时间里，我没有和任何人私会呀，伯爵。

彼德罗　那你就不是一个实话实说的单纯少女了。梁拉托，对不起，你一定得听下去。我用我的信誉担保，昨天夜里那个时间，我和我的兄弟，还有这个伤心透顶的伯爵，我们的确在你女儿的卧室窗外，听到一个胡作非为的坏蛋细细诉说他和你女儿成百上千次的秘密约会，这是我们有耳共闻的呀。

约　翰　算了，算了，王兄，这些小人的名字不值得一提。他们的语言肮脏，不堪入耳，说出来都怕会玷污你们的嘴唇。因此，美丽的小姐，你这样不知自重，我实在为你惋惜。

克罗蒂　啊，西萝！如果你的内心有你的外表一半那么美好，那你简直是天仙化人了！但是，别了，最卑污的美人、最纯洁的淫妇！我要对西萝关上爱情的大门，让我的眼睛挂上惋惜的窗帘，把美人都看成害人精，永远不会带来幸福吧。

梁拉托　尖刀也刺不痛我的心了。

（西萝晕倒。）

贝丽丝　怎么啦，妹妹？你怎么晕倒了？

约　翰　走吧，她的隐私暴露在光天化日之下，怎能不头晕眼花呢？

（堂·彼德罗、堂·约翰、克罗蒂下。）

班勒蒂　西萝小姐怎么样了？

贝丽丝　怕是没有命了。救人吧，叔叔！西萝，怎么啦？西萝？叔叔？班勒蒂？神甫？

梁拉托　命运啊，不要挪开你那沉重的拳头，死亡是我们想象得到的掩盖耻辱的最好良方了。

贝丽丝　怎么啦，西萝妹妹？

方西斯　小姐，不要太难过了。

梁拉托　你两眼朝天，还活着吗？

方西斯　不错，没有死的理由嘛。

梁拉托　为什么天下人没有来羞辱她？难道她能否认

铭刻在她血液中的耻辱吗？不要活过来了，西萝，不要再张开你的眼睛！你以为我不希望你早死，希望你能活得比耻辱还更久吗？我真恨不得在谴责你之后收回你的生命啊！你以为我会后悔只有你一个孩子吗？会怪大自然吝啬，只给我一个女儿吗？为什么你过去在我眼中显得可爱？为什么我过去没有发善心收养门外乞丐的儿子？如果他玷污了我的名声，我还可以抵赖说：我们不是骨肉之亲，这个耻辱来自外人。但你是我自己的骨肉，是我热爱的、赞美的、引以为荣的、比我自己更宝贵、更看重的女儿。——你却落入了海水也洗不干净的一潭污泥、盐水也不能消除的毒素啊！

班勒蒂 老人家，老人家，不要着急，我也像在雾中看花，不知道说什么好。

贝丽丝 啊，我敢用灵魂担保，我妹妹一定是受了冤枉。

班勒蒂 小姐，你昨夜是不是和她同睡一床？

贝丽丝 不是，虽然在昨夜之前，我们同床睡了一年。

梁拉托　这不就证明了？过去的事铁证如山，现在，铁笼中又增加了一根铁栏杆。难道亲王兄弟会说谎？克罗蒂恨不得用眼泪来洗净她的罪过。难道他会冤枉她吗？算了，让她死吧！

方西斯　听我说一句，我已经这么久没开口，只听你们说了。我注意到小姐多次羞红了的脸变成惨白，她眼中闪烁着火光要烧掉亲王兄弟强加在她身上的不实之词。你们可以说我是个傻瓜，不相信我的观察和解释，不承认我从经典中吸取的教导，认为我神圣的职务也会误入歧途，但是我没有错。

梁拉托　神甫，事实不是这样，你只看到她表面上流露的羞愧，那是她不愿增加她的罪过，并没有否认她的错误。你为什么要掩饰她在光天化日之下的罪行呢？

方西斯　小姐，他们控诉和你来往的是什么人？

西　萝　我不知道他们控诉和我来往的是什么人。假如我和任何不安分守己的男人有来往，那就让我受到最严厉的惩罚吧！父亲啊，如果你能说出我和任何男人在不合适的时间说过不合乎少女身份的话，或者是昨天夜里我和任何活人交换过不堪入耳的言语，你就不要认我这个女儿，抛弃我，把我活活地折磨死吧！

方西斯　恐怕是亲王产生什么误会了。

班勒蒂　三个人中有两个是正大光明的，如果他们的看法出了问题，那一定是约翰这个私生子搞的鬼，他向来是以耍阴谋诡计出名的。

梁拉托　这点我不知道。如果他们关于我女儿的话是真的，我这双手就要把她活活掐死。如果是他们冤枉了她，那就不管他多么胆大妄为，我也非报复不可。我的年龄还没有老得使我满腔的热血干枯，命运也没有使我失去报复的能力，我艰难困苦的生活不曾使朋友分崩离析，他们一旦看清了事实，都会恢复用他们的心力和体力来为我效劳的。

方西斯　请听我说，亲王们离开时，以为你女儿已经死了。那你就不妨将计就计，说她已经离开人世，并且进行哀悼，发表挽言，说要进行葬礼如何？

梁拉托　这有什么作用？结果又会怎样？

方西斯　天呀，这件事要是进行得好，可以化污蔑为懊悔呢。这可大有好处，但是我的梦想还不是走这样偏僻的小路，而是会产生更远大的前景。在她受到污蔑的时候，我们要坚持说她已经不在人间。那她就会受到客观人士的哀悼和同情，甚至怜悯。人们往往不看重已经享有的东西，但是一旦丧失，却会后悔莫及，反而自问当时为什么没有看出它的价值。克罗蒂一定会这样，等他听到西萝因他的几句胡言乱语而死于非命，一定会想到：假如她还活着，那会给他带来多么美好的生活，而他生活中每个美好的细节都会涌上心头，穿着五颜六色的服装，刺激他的幻想，在他的眼里和心灵中显得比她生前更美。那时他就会痛哭流泪——只要他心中还有爱情的影子——他就会后悔当时不该这样求全责备。不，即使他认为当时的责备不无道理，假如他们真能成对成双，那他们结合带来的幸福也会远远超过想象。即使退一步讲，小姐一死，也会终止纷纷的议论。你可以把她隐藏起来，过着虔诚的隐居生活，总比受到世人的口舌和目光的伤害要好得多吧。

班勒蒂　梁拉托大人，听从神甫的忠告吧！虽然你知道我内心的感情是支持亲王和克罗蒂的，但是我用名誉担保，在这件事情上，我是真心实意、公正合理地站在你这一边的，就像你的灵魂和肉体一样，是紧密地结合在一起的。

梁拉托　悲哀像血一样在我身上流通，用一根细绳子都可以把我牵走。

方西斯　你同意了，很好。那么，快去吧。因为怪病只有用怪法子才能医治。这个婚礼可能是延长了。耐心等待吧。

（众下。班勒蒂、贝丽丝留台上。）

班勒蒂　贝丽丝小姐，你一直在哭吗？
贝丽丝　是的，我还要哭下去。
班勒蒂　我希望你不要这样。
贝丽丝　你没有什么理由。我爱怎样，就要怎样。
班勒蒂　我当然相信你漂亮的妹妹受了冤枉。

贝丽丝　啊，有哪个配得上我的男子汉会挺身而出，为她打抱不平呢？

班勒蒂　有什么办法可以得到你信任的感情呢？

贝丽丝　有很简单的办法，可惜没有这样的男子汉！

班勒蒂　有男人做得到吗？

贝丽丝　男人做得到，但是你做不到。

班勒蒂　我在世界上最爱的，也不会超过你了。你不觉得奇怪吗？

贝丽丝　我还不知道世界上有什么奇怪的事。如果说我爱世界上的人都不如爱你，你可不要相信，但是我并没有说谎，我也没有否认。我只是为我妹妹惋惜。

班勒蒂　我敢举剑发誓，贝丽丝，你爱上我了。

贝丽丝　不要举剑发誓，否则，你要自食其果的。

班勒蒂　我要举剑发誓说你爱我，还要使说我不爱你的人自食其果。

贝丽丝　你能不食言吗？

班勒蒂　不必加油加酱，说老实话，我真爱你。

贝丽丝　那么，上帝原谅我吧。

班勒蒂　你什么事得罪上帝了，甜蜜的贝丽丝？

贝丽丝　你使我停留在一个快乐的时刻,我正要说:我爱你呢。

班勒蒂　那你就全心全意地爱吧。

贝丽丝　我已经全心全意地爱,没有留下不爱的余地了。

班勒蒂　来吧,你要我做什么?

贝丽丝　去杀死克罗蒂。

班勒蒂　那怎么行?!

贝丽丝　拒绝我就等于杀了我,再见吧。

班勒蒂　等一等,甜蜜的贝丽丝。

贝丽丝　我人还在这里,但心已经走了。你对我并没有真爱。让我走吧。

班勒蒂　贝丽丝——

贝丽丝　说真的,我要走了。

班勒蒂　你得先听一个朋友说的话。

贝丽丝　你只要我听朋友的话,却不和我的对头斗争。

班勒蒂　克罗蒂是你的对头吗?

贝丽丝　从高处看,他不是个坏人吗?污蔑诽谤我的亲人!啊,他这还是个男子汉:手牵着手去教堂举行婚礼,突然撒手不干,造谣生事,毫不容情地滥加罪名——啊，天哪，我要是个男人，非在大庭广众之中把他生吞活剥不可！

班勒蒂　听我说——

贝丽丝　和一个男人在窗口谈情说爱，编得真好！

班勒蒂　不，贝丽丝——

贝丽丝　可怜的西萝，污蔑诽谤毁了她。

班勒蒂　贝——

贝丽丝　亲王和大臣！当然，有亲王作证，又有一个伯爵的甜言蜜语，可惜我不是个男人！可惜我没有一个男子汉做朋友！男人都只会逢迎吹拍，全靠唇枪舌剑，训练得像赫鸠力士一样勇敢，却只勇于说谎造谣，赌咒发誓。我不能做个足智多谋的男人，只好做个伤心无奈的女人了。

班勒蒂　等一等，好贝丽丝，我举手发誓：我爱你。

贝丽丝　若真爱我，不要举手发誓，要用手做事吧。

班勒蒂　你在心灵深处真认为克罗蒂冤枉了西萝？

贝丽丝　只要我有思想，有心灵，我就敢肯定。

班勒蒂　那好，我下决心要向他挑战。我要和你吻手告别,并且举手发誓,克罗蒂一定要向我做出交代。你听了我的话,就知道我会怎样做了。去安慰你的妹妹吧,我会对人说她不在世了。再见吧。

(各自下场。)

第四幕

第二场

监牢

（警官多贝雷及维杰斯，教堂司事穿书记服，波拉乔、康拉德及巡警上。）

多贝雷　我们审案的人都到齐了没有？

维杰斯　给书记搬凳子，拿垫子来。

书　记　哪个是犯人？

多贝雷　啊，有我和我的同伙。

维杰斯　不，你说对了，我们要审问犯人。

书　记　哪个是该审问的犯人？要他们站到警官面前来。

多贝雷　对，天哪，叫他们站到我面前来。

（巡警带波拉乔、康拉德上。）

你叫什么名字,老朋友?

波拉乔　波拉乔。

多贝雷　请你写下"波拉乔"。——你的大名呢,老兄?

康拉德　我是有来头的,大名是康拉德。

多贝雷　写下你的大名:有来头的康拉德。你们信神吗,老兄?已经证明了你们比坏蛋好不到哪里去。不久,大家都会这样想。你们自己怎样说?

康拉德　天哪,老兄,我们不算什么。

多贝雷　好个聪明透顶的人物,我敢担保,不过我要对他说句话。(对波拉乔)老兄,附耳过来,人家说你是个假流氓。

波拉乔　老兄,我告诉你,我们不是。

多贝雷　那好,老天在上,他们都有故事。你记下了没有?他们不是——

书　记　警官大人,审案不是这样审法,你要叫抓他们的巡警来。

多贝雷　你说得对,那更起作用。叫抓他们的巡警来!老兄,我用亲王的名义要你们控告这两

　　　　　个犯人。

巡警一　大人，这个人说亲王的兄弟约翰是个坏蛋。

多贝雷　写下来：亲王兄弟约翰是个坏蛋，这是造谣，居然敢说亲王的兄弟是坏人。

波拉乔　警官大人——

多贝雷　别多说了，我不喜欢你的样子，我老实告诉你。

书　记　你还听他说了什么？

巡警二　天哪，他诬告西萝小姐，却得了堂·约翰一千金币。

多贝雷　这简直是明目张胆的抢劫。

维杰斯　这的确是。

书　记　还有什么？

巡警一　克罗蒂伯爵信了他的话，要当众羞辱西萝小姐，并且不和她结婚了。

多贝雷　啊，坏蛋，你要罚下地狱了。

书　记　还有什么？

二巡警　没有了。

书　记　这是不可否认的罪行。约翰亲王今天一早就逃走了。西萝小姐这样受到诬告，突然冤死了。警官大人,把这两个犯人绑了去见梁拉托总督吧。我要先走一步,去向他作汇报了。(下。)

多贝雷　把他们绑起来。

维杰斯　绑手绑脚。

多贝雷　天呀,书记呢?要他写下亲王的部下。

康拉德　去你的吧,你这头笨驴,你这头笨驴!

多贝雷　难道你不真重①我的地位?难道你不真重②我的年纪?啊,要是书记还在这里,记下这句话就好了。虽然他没有记下来,但是我可不会忘记,不会的,你这坏蛋!你富有怜悯心,你有证人可以证明。我是一个聪明人,更重要的是,我还是个官呢,更更重要的是,我还是一家之长,还有更重要的是,我有一身肉,比摩西那任何人都不差。我还懂法律,不说了。我还是有钱人,不说了。我

---

① 编者注:此处原文为suspect,实为respect误用,符合人物特征。译文"真重"试仿照原文的发音谬误,以制造喜剧效果。实为"尊重"。
② 同上。

虽然损失了钱财,还有两件体面的衣服,什么东西都够体面。把他带走吧。啊,要是能记下来我是驴子,那就好了。

(众下。)

第 五 幕

第一场

梁拉托家门前

（梁拉托、安东奥兄弟上。）

安东奥　你这样是在害自己，在愤怒的火头上浇油，未免太不聪明了吧。

梁拉托　请你不要多管闲事。你的话落到我的耳朵里来，就像把水浇到筛子上一样，不起一点作用。我的耳朵听了好话也不会高兴，除非能找到一个像我一样爱女儿的父亲，他对女儿的爱使他满心欢喜。如果他来劝我忍耐，用他自己的痛苦来衡量我的悲伤，用他的紧张心情来了解我的心情，只有这样将心比心，才能看出我形形色色的悲伤多么广泛而深刻。如果这个人能摸着胡须微笑，叫忧愁摇尾乞怜，叫熬夜不眠的人用成语格言来填空补缺，使在厄运中沉迷不醒的人幡然悔悟，如果你能找到这样的人，我就会向他学习忍耐。但是，兄弟，没有痛苦经验的人只能安慰没受过痛苦折磨的人，理论上的医药只能医好不感痛苦的人。怎能用丝线来捆绑疯子和狂人呢？怎能用空话来止痛呢？精神出了毛病，自顾不暇，哪能医治别人的痛苦？因此，不要劝我了，我的痛苦只会越劝越厉害的。

安东奥　在这种事情上，大人和小孩并没有什么不同。

梁拉托　请你不要说了，我要做个有血有肉的人。即使是哲学家用神笔把痛苦轻描淡写，也治不了自己的牙痛呀。

安东奥　不要把坏事都堆到自己头上，要让害你的人吃一点苦头。

梁拉托　你是在讲大道理，我可不听这套。我心里明白：西萝是受了冤枉，我要让克罗蒂知道，也要让亲王和那些造谣诽谤她的人知道。

（堂·彼德罗亲王同克罗蒂上。）

安东奥　亲王同克罗蒂赶来了。

彼德罗　早哇，早哇。

克罗蒂　两位早上好。

梁拉托　你们二位请听我说。

彼德罗　我们可忙着呢，梁拉托。

梁拉托　你们正忙，亲王，那好，再见。你们忙你们的去吧。反正都是一样。

彼德罗　不要和我们争论，我的好老兄。

安东奥　如果争吵能够改正错误，那总有人会倒地的。

克罗蒂　谁对不起他啦？

梁拉托　天哪，就是你呀！你还假装什么？

（克罗蒂拔剑。）

　　　　不，不要拔剑，我不怕你。

克罗蒂　天哪，我这手真该死，使你老人家受惊了。说真的，我并不是要拔剑。

梁拉托　什么，什么，好汉，不要开玩笑！我说话并不浑，也不傻，虽然年长几岁，还可以谈年轻时做的事，只要不老，还可以干年轻人干的活。克罗蒂，你头脑要明白，你诬陷了我

　　　　清白的女儿，也就是诬陷了我，我不得不把尊荣放在一边，虽然头发花白，很多时候遍体创伤，但我还敢向你挑战。作为男子汉，我要说你污蔑了我的女儿，你的恶言伤透了她的心，使她魂飞魄散，带着你诬陷的恶名，遁入祖茔，藏身于污蔑诽谤攻不下的圣地了。

克罗蒂　我诬陷的？

梁拉托　你诬陷的，克罗蒂，我要再说一遍，是你诬陷的。

彼德罗　你说得不对，老人家。

梁拉托　王爷，王爷，我敢用他的生命作证。如果他敢迎战，虽然他年富力强，心灵手巧，正当青春年华，如花盛开，但是我并不怕。

克罗蒂　让开吧，我可不能恃强凌弱。

梁拉托　你敢这样小看我吗？你已经害死了我的女儿，如果你杀了我，那好，你又可以杀一个男子汉了。

安东奥　他可以杀了我们两个。这不要紧，让他先下手杀一个吧，先打败我再去吹牛。汉子，先和我见个高低,我是个男子汉,会打到底的。

梁拉托　兄弟——

安东奥　你放心吧。老天晓得我喜欢我的侄女,她却被坏蛋造谣害死了。让坏蛋来对付男子汉吧,那就像从蛇口中割舌头一样难。胆小鬼,毛猴子,牛皮精,下等货,奶臭未干的小人!

梁拉托　安东奥兄弟——

安东奥　让我说吧。这是些什么人,我了解,我知道他们的分量,胆大脸厚、外强中干的小子,会说吓唬人的大话,不过如此而已。

梁拉托　不过,安东奥兄弟——

安东奥　来吧,不会出事的。不要顾虑太多,放心让我干吧。

彼德罗　两位老兄,我们不想让你们不耐烦。对于令爱的死,我心里也难受。不过,人不能做不名誉的事,就我所知,对令爱的谴责是有根据的。

梁拉托　亲王啊,亲王——

彼德罗　我不想再多听了。

（班勒蒂上。）

梁拉托　不听吗？来，兄弟，我们走吧，会有人听的。

安东奥　应该听呀，否则，我们可要难受了。

（梁拉托、安东奥下。）

彼德罗　看，我们要找的人来了。

克罗蒂　老兄，有什么消息吗？

班勒蒂　亲王好。

彼德罗　欢迎，班勒蒂，几乎要你动口，叫我们不动手了。

克罗蒂　几乎要让两个没牙齿的老头咬掉我们的鼻子了。

彼德罗　那就是梁拉托哥儿俩。你看怎么办？真要打起来，我怕我们太年轻了。

班勒蒂　我的本领都在刀上。你要不要看看？

彼德罗　怎么？你的本领挂在腰间？

克罗蒂　本领不在腰间而在手上，我可以像乐师弹琴一样舞刀弄剑。你要不要寻寻开心？

彼德罗　说实话，他的脸怎么变白了？是病了，还是生气了？

克罗蒂　什么，男子汉，忧愁可以伤人，但是大丈夫可以战胜忧愁。

班勒蒂　如果你要斗智，我也可以奉陪。但是现在我要谈的是另外一回事。

克罗蒂　给他另外的武器吧，他手上的棍子已经断了。

彼德罗　他的脸变得越来越白，看起来是真生气了。

克罗蒂　要是他真生气，会动腰间的武器的。

班勒蒂　我在你耳边说句话好不好？

克罗蒂　如果不是挑战，那就谢天谢地了。

班勒蒂　（对克罗蒂旁白）你是个坏蛋，我这不是说玩笑话：我要看你到底有多大的胆，有什么本领，什么时候敢来决斗。你要对得起人，否则，我就要说你贪生怕死。你已经害死了一个好姑娘，她的死要你付出沉重的代价。让我听听你的回答。

克罗蒂　我当然会迎战，那才可以消愁解闷。

彼德罗　怎么，要喝酒寻乐了？

克罗蒂　的确，要谢谢他，他要我去吃牛头，吃不下蛋的母鸡，要是我切不动，他就会说我无用，只配吃木头鸡。

班勒蒂　　老兄,你这张利嘴可以闯江湖了。

彼德罗　　我可要告诉你贝丽丝那一天是怎样夸你的。我说你有点小聪明,她说:"的确是耳聪目明,太聪明了。"我说:"不,只是小聪明。"她说:"小聪明不害人。"我说:"不,他有一张说话不算数的利嘴。"她说:"对,他星期一晚上发誓,到了星期二晚上就不算数。他是个两边讨好的两面派。"她就是这样翻来覆去说你好话的,但是到了最后关头,却是一声叹息,说你是全意大利最漂亮的好人。

克罗蒂　　因此,她伤心得哭了起来,并且说她不在乎。

彼德罗　　的确是,她这样说了,还说如果她不是爱他爱得要命,就会恨他恨得要死的。这个老人家的女儿全都告诉我了。

克罗蒂　　什么什么全都说了。还说上帝看见他在花园里偷听。①

---

① 编者原注:《圣经》上说,上帝看见亚当在乐园偷吃智慧之果,此处指班勒蒂在凉亭中偷听的事。

彼德罗　还问我们何时把野牛角插到多情的班勒蒂头上去。

克罗蒂　对,还在多情种子的颈上挂块牌子,上面写着:"这是结了婚的男人班勒蒂。"

班勒蒂　再见吧,老兄,你知道我心里想什么,我会让你去和自己打交道。你开的玩笑像牛皮刀,谢天谢地,还好伤不了人。王爷,谢谢你对我的好意,但是我要离开你了。你的私生兄弟已经逃离摩西那远走高飞。你们害死了一个清白无辜的好姑娘。至于那个没有胡子的伯爵,我还要和他见面的,但愿他不要出事。(下。)

彼德罗　他说的是真心话。

克罗蒂　他的真心实意是对贝丽丝,这点我敢保证。

彼德罗　他向你挑战了。

克罗蒂　那可是认真的。

彼德罗　一个人可以穿得一表人才,但是没有才干。

(警官多贝雷、维杰斯及巡警押康拉德、波拉乔上。)

克罗蒂　在猴子眼里,他是一个巨人,但在巨人看来，他却只是一只猴子。

彼德罗　静一静，等我想一想，用心想一想，他不是说我的兄弟逃走了吗？

多贝雷　（对犯人）来，你若不服从法律，那还有什么道理可讲？即使你一度是伪君子，也得听法律的呀。

彼德罗　怎么？我兄弟的两个手下人绑起来了？一个是波拉乔呀。

克罗蒂　听听他们的罪状吧，主公。

彼德罗　警官，这两个人犯了什么罪？

多贝雷　天哪，王爷，他们犯了谎报罪，还有他们说了假话，第二点，他们造谣，第六点也是最后一点，他们污蔑了一位小姐，第三点，他们做了假证，结论是：他们是说谎的犯人。

彼德罗　第一，我问你他们做了什么事。第三，我问你他们犯了什么罪。第六也是最后，他们为什么犯罪？结论是：你告他们是什么罪名？

克罗蒂　问得有理。按照他分门别类，在我看来，前后一致。

彼德罗　你们得罪了什么人，伙计，所以才绑起来答问题？这位警官学问高深难懂，你们到底犯了什么罪？

波拉乔　好王爷，不要我再三回答了。让这位伯爵杀了我吧。我欺骗了你们的眼睛，你们高深的智慧没有发现的，这些浅薄的傻瓜却看到了。他们听到了我向康拉德坦白交代的罪状，知道了你的兄弟堂·约翰煽动我去污蔑西萝小姐的事，如何把你们带到果园中去看我向穿着西萝衣服的玛格丽求爱，又如何在婚礼上羞辱新娘。这些都已记录在案，我宁死也不愿再提我的罪行了。小姐已为我主子和我诬陷而死，我也不能逃脱应得的惩罚，所以只求得到和小姐一样的下场吧。

彼德罗　（对克罗蒂）他的话是不是像刀剑刺穿了你的心？

克罗蒂　一听他讲，我就像在吞毒药似的。

彼德罗　（对波拉乔）是我的兄弟要你干这桩坏事的吗？

波拉乔　为了达到目的，他还给了我一大笔钱呢。

彼德罗　他一身都是阴谋诡计，一旦暴露，就逃之夭夭了。

克罗蒂　可爱的西萝,你的美貌又像我们初见时那样出现在我心头了。

多贝雷　来吧,把诉苦人带走。现在,书记应该已经把这件事告诉梁拉托大人了。诸位弟兄,时间一到,不要忘了说我是头驴子。

维杰斯　瞧,瞧,梁拉托大人不是来了吗?书记也一同来了。

(梁拉托、安东奥及书记上。)

梁拉托　坏蛋在哪里?让我看看他的眼睛,等我下次碰到这种人的时候,不会再上当受骗了。哪一个是坏蛋?

波拉乔　就是我这一个。

梁拉托　不对,坏蛋,不止一个,你又在说谎了。这里还有两个好人作证,那第三个插手干了坏事的家伙却想溜之大吉。王爷,谢谢你还给我女儿的清白,谢谢你高尚而勇敢地承认了事实。

克罗蒂　我不知道如何请求你耐心宽恕我。但是我不得不说:随便你用什么办法来惩罚我的罪过，只要你想得出来就行。不过，我还是要说一句：我犯的过错完全是出于误解。

彼德罗　凭良心说，我也是一样。为了消消你老人家的气，我愿意低下头来，接受任何沉重的处分。

梁拉托　我不能要求你们使我的女儿起死回生——这是不可能的——但是我要请求你们二位告诉摩西那人：我的女儿是清白无辜地离开世界的。如果你们的感情能够减少一点悲哀的气氛，请你们在她灵魂安息的地方留下一些哀悼的词句，时间最好就在今天夜里。明天早上你们再来我家。既然克罗蒂不能做我的女婿，但还是可以做我的侄女婿的。我的兄弟有一个女儿，几乎就是我的女儿投胎再世，两个人一模一样，现在是我们两家唯一的继承人了。你就把本来要送她姐姐的礼物都送给她吧，这也就消了我心中的一口怨气。

克罗蒂　啊，高贵无比的老人家，你的无边宽大简直要使我化泪为雨了！我赶快就接受你的恩赐，还唯恐来不及呢。从今以后，你就随意驱使这区区的克罗蒂吧。

梁拉托　那么，明天我等你来，今晚我们就分手吧。这个坏蛋明天要他和玛格丽当面对证，我想她也是受了你兄弟的收买，才干出这勾当来的。

波拉乔　不是，不是，说良心话，这件坏事没有她的份。那天夜里她和我说话的时候，并不知道其中有诡。就我所知道的，她一向是个老老实实、规规矩矩的女人。

多贝雷　还有，大人，这虽然没有写下来，但这个犯人叫我作驴子。请你记住罚他。此外，还有巡警听到他们说：有一个犯人耳朵上挂了锁链，到处用上帝的名义借钱不还，使得现在人心变硬，用上帝的名义也借不到钱了。请大人严加处罚。

梁拉托　谢谢你忠诚老实，关心大家。

多贝雷　大人说话像个感恩戴德的年轻人，我为大人谢天谢地。

梁拉托　这是给你的辛苦钱。

多贝雷　多谢大人慈悲打发。

梁拉托　这个犯人不用你管。谢谢你费心了。

多贝雷　我把一个坏蛋留给大人了,请大人自重,以身作则,上天保佑大人恢复健康,我准许大人离开,如愿以偿,上帝也不答应!走吧。伙计。[1]

梁拉托　明天再见,诸位都明天见了。

（多贝雷、维杰斯下。）

安东奥　诸位再见,明天恭候光临。

彼德罗　多多有劳了。

克罗蒂　今夜我要去哀悼西萝。

梁拉托　（对巡警）把这两个犯人都带走吧。——我要去问问玛格丽,她是怎样结识下流人的。

（各下。）

---

[1] 译注:原文语无伦次,译文只好依样画葫芦。

第 五 幕

第二场

梁拉托家花园

（班勒蒂、玛格丽分别从左右上。）

班勒蒂　玛格丽好姑娘，能不能请你传话给贝丽丝小姐，请她出来一下。

玛格丽　你能写一首赞美我的小诗吗？

班勒蒂　我会把你写得这样高，玛格丽，没有一个活人比你更高。因为说最普通的老实话，没有人能把你捧得更高的了。

玛格丽　没有人比我更高？难道我总是被压在下面吗？

班勒蒂　你的快嘴快舌就像猎狗一样咬住不放。

玛格丽　你的嘴巴就像盾牌一样迟钝，只能防守，不能进攻。

班勒蒂　这是个男人才会开的玩笑,玛格丽,用到女人的圆盾上,你就吃不消了。快去请贝丽丝从紫宫来吧。

玛格丽　如果你们用刀破门而入,我们自有圆盾可以抵抗。

班勒蒂　如果你用圆盾防守,玛格丽,一定要抵得住长矛进宫。

玛格丽　得了,我去要贝丽丝出来吧。她的两腿之间也有圆盾呢。(下。)

班勒蒂　所以她会来的。

　　　(唱。)　爱神就会来。

　　　　　　　骑在你身上。

　　　　　　　你说多光彩,

　　　　　　　来势不可挡。

　　我是在唱歌,不是在做爱。有人会游水,有人会牵线,有人会作诗,他们不像我这样爱得神魂颠倒,失魂落魄,但却不会押韵,只会把"佳人"押"虾仁","上当"押"上床","傻瓜"押"开花"。我生来不会押韵,所以求爱只好又丑又矮。不过我不是在诗星照耀下出生的，所以不会在节日里求婚。

（贝丽丝上。）

好个贝丽丝，是不是我一叫你，你就来了？

贝丽丝　对，骑士，而且你叫我走，我也会立刻就走的。

班勒蒂　啊，不，那现在就留下来吧。

贝丽丝　"现在"已经溜走了，再见吧！不过，走前我要知道：你和克罗蒂之间出了什么事啦？

班勒蒂　不过是说了些不堪入耳的话，一说就要吻你了。

贝丽丝　坏话不过是阵歪风，歪风不过是种邪气，邪气闹得太臭，所以我还是要不吻而别了。

班勒蒂　你把话吓得失去意义，所以你聪明反被聪明误了。不过我要老实告诉你：克罗蒂已经接受了我的挑战，所以我一定会很快得到答复，否则，我就要叫他作胆小鬼了。现在，我要问你一句话：你是看中了我哪一点才爱我的？

贝丽丝　为了所有各点加起来成了一个稳定的坏样子，什么好东西也进不去了。那你又是为了我的哪一点才爱上我的呢?

班勒蒂　爱情是要吃苦的,我的确是为了爱情而吃苦,因为我是反对我自己爱上你的。

贝丽丝　不管你心里怎么想,我觉得,唉,可怜的心,如果你为我而改变,我也会为你而变心的。我永远不会爱我的好朋友所恨的东西。

班勒蒂　我们太聪明了。恋爱不会风平浪静的。

贝丽丝　这次并没有风波呀。聪明人里面,二十个没有一个会自夸的。

班勒蒂　在人和人友好的时期,贝丽丝,如果一个人不能在生前立碑,等到丧钟一响,妻子一哭,那你也完了。

贝丽丝　你认为好时期有多久?

班勒蒂　问得好!钟鸣一小时,哭泣两三声。因此聪明人要抓紧时间,不要等到问心有愧,先就大吹大擂一番,像我现在这样。自吹自擂就到此为止吧,不过我觉得自己还是够格的。现在,告诉我你妹妹怎样了?

贝丽丝　很不好。

班勒蒂　你自己呢?

贝丽丝　也差不多。

（欧苏娜上。）

贝丽丝　谢天谢地，只要爱我，就会慢慢好起来的。现在，我得离开你，有人匆匆忙忙来了。

欧苏娜　小姐，马上到你叔叔那里去，家里的事情又乱了。亲王和克罗蒂昨夜受了堂·约翰的骗，他已经逃跑了。你就来吗？

贝丽丝　你也去听听这个消息吗？

班勒蒂　我要活在你心里，死在你裙下，埋在你眼中。我还要同你去见你叔叔。

（同下。）

第 五 幕

第三场

梁拉托家教堂纪念室

（克罗蒂、彼德罗亲王及三四从人执烛上，巴萨莎及乐队随后。）

克罗蒂　这是梁拉托家教堂纪念室吗？

侍从官　大人，正是。

克罗蒂　（读悼词。）西萝小姐英灵，

　　　　　蒙冤魂归天庭。

　　　　　死神内心愧疚，

　　　　　小姐美名不朽。

　　　　　一生虽不善终，

　　　　　死后反得光荣。

　　　　　悼词高挂灵前，

　　　　　　　小姐虽死犹生。

　　　　　　　现在奏乐吧,唱起挽诗来吧!

巴萨莎　（唱）黑夜女神请原谅,

　　　　　　　我们误害女娇娘。

　　　　　　　因此我们唱悲歌,

　　　　　　　坟前坟后哀思多。

　　　　　　　夜半钟声发哀音,

　　　　　　　唱出悲伤加深情。

　　　　　　　沉重又沉重,

　　　　　　　但愿死者能生还!

　　　　　　　悲痛啊悲痛,

　　　　　　　起死回生露笑颜!

克罗蒂　现在祝英灵晚安,

　　　　每年我会来探看。

彼德罗　早晨好。吹灭火炬吧。

　　　　狼嚎也是祷告呀。

　　　　日神来车轮滚滚,

　　　　使东方露出醉颜。

克罗蒂　谢谢大家,我们各奔前路。

彼德罗　换上衣服,我们同去梁府。

克罗蒂　但愿婚姻女神显灵,
　　　　使瓦解变为玉成!
　　　（众下。）

第五幕

第四场

梁拉托府

（梁拉托、班勒蒂、贝丽丝、玛格丽、安东奥、方西斯神甫及西萝上。）

方西斯　我不是对你说过：她是清白无辜的吗？

梁拉托　亲王和克罗蒂也是无心犯错误的，他们是误信了谣言。不过，玛格丽却是犯了错误，虽然从事态的发展看来，那并不是她的本意。

安东奥　我很高兴，事情的结果这样好。

班勒蒂　我也很高兴，免得为了誓言去和克罗蒂决斗。

梁拉托　那好，我的女儿和各位姑娘，请你们去里面休息吧。等我要你们出来时，请戴上面具好吗？亲王和克罗蒂会来我们家赴约的。兄

　　　　　弟，你知道应该怎么办：你要充当我女儿的父亲，并且把她嫁给克罗蒂，好吗？

　　　　　（姑娘们下。）

安东奥　我会假戏真做的。

班勒蒂　神甫，我也有事要求你呢。

方西斯　什么事呀，伯爵？

班勒蒂　使我脱离旧我，成为一个新人。梁拉托老伯，事实就是这样：你的侄女已经对我刮目相看了。

梁拉托　是我女儿给你打开眼界的吗？

班勒蒂　而我也用传情的眉目回答了。

梁拉托　眉目传情对我，对亲王和克罗蒂有关系吗？

班勒蒂　这个问题不好回答，老伯。至于我的心愿，就是希望得到你的同意，在为西萝举行婚礼的时候，同时也举行我们的婚礼，好吗？好神甫，这又要有劳你了。

梁拉托　我当然愿意满足你们的要求。

方西斯　我也愿意略尽绵薄之力。

　　　　　（彼德罗亲王、克罗蒂及随从上。）

彼德罗　在场的诸位，早上好！

梁拉托　亲王早上好！克罗蒂好！我们正在静候佳音呢。你决定了没有？是不是要和我侄女结婚？

克罗蒂　我的决心已下，即使她是黑人也没关系。

梁拉托　要她出来吧，兄弟。神甫也准备好了。

彼德罗　早上好，班勒蒂。怎么啦？你怎么面如冰霜，仿佛暴风雨前一样阴云密布？

克罗蒂　我看他大约是想起了那头野牛。不用怕，老兄，我们会在你的头角上贴金，整个欧洲都会对你欢呼，就像欢呼天神爱上了欧罗芭一样。

班勒蒂　天神变公牛叫得也好听，像野牛跳上母牛背一样，生头小牛也像你，因为你叫得像它一样。

（安东奥同戴面具的姑娘西萝、贝丽丝、玛格丽、欧苏娜上。）

克罗蒂　我欠你的情了。不过，我还有别的债要还。我应该还债给哪一位小姐呀？

安东奥　就是这一位，我现在把她交给你了。

克罗蒂　那么，她是我的人了。甜蜜的人儿，让我看看你的脸。

梁拉托　不行,要等你在神甫面前和她携手宣誓结婚之后才行。

克罗蒂　请你当着神甫的面把手给我,如果你不嫌弃,我就是你的丈夫了。

西　萝　(脱下面具。)我从前活着的时候,曾经是你的前妻;等我起死回生之后,你又第二次成了我的丈夫。

克罗蒂　西萝起死回生了!

西　萝　没有什么可奇怪的,蒙冤的西萝死了,我却活着。只要我还活着,就是一个未婚的姑娘。

彼德罗　就是过去的西萝,起死回生的西萝。

梁拉托　王爷,谣言活跃,就害死了她。

方西斯　等神圣的婚礼举行之后,我再来告诉你们美丽的西萝如何蒙冤受屈,又如何化平凡为神奇。现在让我们一同到教堂去吧。

班勒蒂　且慢,神甫,贝丽丝呢?

贝丽丝　(脱下面具。)就在这里。有什么话要对我说?

班勒蒂　你不爱我吗?

贝丽丝　我爱的不是你,而是"道理"的"理"。

班勒蒂　这样说来,你的叔叔,还有亲王和克罗蒂都受骗了。他们都说你是爱我的。

贝丽丝　你不爱我吗?

班勒蒂　说实话,不,也不超过理智允许的范围。

贝丽丝　这样说来,我的妹妹、玛格丽和欧苏娜也受骗了。她们说你是爱我的。

班勒蒂　他们说你几乎为我害相思病了。

贝丽丝　她们说你爱得几乎死去活来。

班勒蒂　这不要紧,你到底爱不爱我呀?

贝丽丝　的确不是爱情,不过是友情罢了。

梁拉托　好了,侄女,我敢肯定你是爱伯爵的。

克罗蒂　我也敢发誓说伯爵是爱她的。(拿出诗笺。)他手里拿着一张诗笺,就是他出自内心献给贝丽丝的一首情诗。

西　萝　(拿出另一张诗笺。)我姐姐口袋里掏出来的诗笺也说明了她对伯爵的爱情。

班勒蒂　这就怪了,我们手写的和心想的怎么不一致了?为了心口一致,我就要了你吧。

贝丽丝　我不能拒绝你,因为大家说你得了重病,我不能见危不救呀。

班勒蒂　不要说了，我要闭你的嘴。（吻贝丽丝嘴唇。）

彼德罗　班勒蒂，你这就算结婚了？

班勒蒂　亲王，我要说的是：即使一伙鼓唇弄舌的人也休想笑得我发脾气。他们以为我会在乎花言巧语的讽刺吗？如果一个人怕热，那就干脆不要穿衣服得了。简单说来，既然我要结婚，那就不管别人说些什么闲言碎语。因此不要笑我出尔反尔，因为人性本来就是反复无常的，这就是我的结论。至于克罗蒂呢，本来我要打他一顿，但他就要做我的妹夫了，如果我打得他鼻青脸肿，如何能让他去见我妹妹呢？那只好放他一条生路了。

克罗蒂　我倒希望贝丽丝不要你，那我就可以好好揍你一顿，揍得你不敢单身，不敢做两面派，乖乖听家里人的话了。

班勒蒂　来吧，来吧，我们都是好朋友，结婚前好好跳跳舞，跳得我们心情愉快，跳得我们夫人脚跟轻松吧。

梁拉托　等一等再跳吧。

班勒蒂　在我看来，还是先跳的好。乐队，奏乐吧！亲王，你为什么闷闷不乐？是不是也要成对成双？世上没有什么比头上长角、戴绿帽子更光荣的了。

（信使上。）

信　使　王爷，您逃走的兄弟约翰已经被武装人员抓回摩西那了。

班勒蒂　明天再发落他吧。我会有办法的。现在，吹鼓手，奏乐吧！

（跳舞开始，众下。）

译 后 记

这个喜剧是莎士比亚写爱情与婚姻矛盾的作品。剧中写了两对英雄美人。一个英雄克罗蒂在战前就爱上了美人西萝，战后由亲王向美人的父亲总督提亲。不料结婚前夕，英雄却误信谗言，以为美人另有所欢，于是在婚礼上当众侮辱美人，取消婚事。后来发现谗言是英雄手下败将所为，英雄和美人才重归于好。故事有正、反、合三部曲，剧情曲折，但是否合情合理，似乎可以研究。英雄如果真爱美人，怎能如此轻信谗言，化喜事为悲剧？总督怎能对女儿如此无知？女儿如有长期私恋，怎会毫无察觉？察觉后又欲置之死地而后快，似乎毫无父女之情？剧情复杂，而人物性格简单，与剧情形成了鲜明对比。

第二个英雄班勒蒂却是在战场上立了大功，在情场上反对婚姻的独身主义者。第二个美人却是总督的侄女、西萝的姐姐贝丽丝,她以风言冷语讽刺男性见长。如她听说班勒蒂在战场上立了大功,她却要说反话:"他可是大吃大喝大出恭。"独身英雄谈起西萝来也不相让:"如果你标准太高,她却是低了一点;如果要求金发,她却淡了一点;如果要求太多,她却少了一点。假如她不是现在这样,那就说不上美;即使这样,我也并不喜欢。"但是西萝在他们背后说:口里不喜欢,心里其实是爱慕。这是假作真时真亦假。两人听到西萝的话,相信对方是口是心非,结果也和西萝同时结婚了。

这部喜剧原来的译名是《无事生非》,但"无事生非"一般指把好事办坏了,这里却是写坏人要破坏好事,似乎有点文不对题。而剧中的班勒蒂和贝丽丝本来并不相爱,听了西萝的假话,两人却真的相爱了。这可以算是弄假成真吧。而西萝自己假死,结果却真和克罗蒂结婚了,这也可以算是弄假成真。所以剧名就改译成《弄假成真》了。

剧中的亲王和总督都显得容易受骗,是两个喜剧人物。只有神甫上知天意,下通人情,掌握了喜剧的发展。而发现反派人物阴谋的，却是几个糊涂的巡警，这又是一出喜剧。警官的胡言乱语，据说是当时的生活实录，那又可以增加喜剧的色彩。

美国翻译理论家根茨勒说："莎士比亚是最早打破翻译和改写界限的人。……翻译是始终变化的……视域的不断改变和作品的不断改写正在不断地重塑当今文化。"(《中国翻译》2017年5期第59页)而《弄假成真》是根据意大利故事改写的，翻译也在不断变化，对于不适合当今文化的部分，有所删改，看来并不违反莎士比亚的原意。

2017年9月20日